JE SUIS
LA BÊTE
C
am
bou
rakıs

JE SUIS
LA BÊTE
Andrea Donaera
TRADUIT DE L'ITALIEN PAR LISE CAILLAT
c
am
bou
rakis

La traduction de cet ouvrage a été soutenue
par le Ministère des Affaires étrangères et de la Coopération
internationale d'Italie.

Questo libro è stato tradotto grazie al contributo per la traduzione
assegnato dal Ministero degli Affari Esteri e della Cooperazione
Internazionale italiano.

Titre original :
Io sono la bestia

Couverture :
Quentin Poilvet / Quadratin.
Photo by Benjamin Ranger on Unsplash.

À Nando et à Rosario

La Bête assassine.

La Bête que jamais nul ne vit.

La Bête qui souterraine
– faussement féroce –
chaque jour t'élide.

La Bête qui te vivifie et tue…

……

Moi seul, un nœud dans la gorge,
savais. Elle est derrière le Mot.
Giorgio Caproni, *Moi seul*

Je jure sur la pointe de ce poignard, baigné de sang,
d'être fidèle à cette société organisée, de renier père,
mère, frères et sœurs, jusqu'à la septième génération.
Je jure d'être toujours fidèle à cette société d'hommes libres,
actifs et affirmatifs appartenant à la Sacra corona unita
et de représenter partout le Saint, saint Michel archange.
Serment des membres de la Sacra corona unita

I

Se pressent les rencontres,
et les rues, et les contres,
et tout cela s'en va :
vers quelqu'un qui est peut-être toi.
Ils sont tous jeunes sauf moi :
dans cet élan vital,
tous quelqu'un sauf moi :
qui tel quel demeure
personne : sinon
une voiture à cent trente à l'heure
droit vers le ravin –
si tu étais au moins
le ravin : mais tu es la chute.
Michele Trevi, *Carnet d'adieu : 20 poèmes à la Belle N.*
(poème n° 7)

1

MIMÌ

Et Mimì pense qu'il va les tuer tous. Tous, s'ils ne partent pas, s'ils ne partent pas d'ici, s'ils ne le laissent pas seul, dans ce salon, Mimì va faire un carnage, il va les tuer tous. Dans ce salon, où il y a eu de bons moments, rien que des bons moments, des soirées à jouer aux cartes, du vin, des amis, des parents, des discussions, des projets, des rires, les femmes à côté en train de dormir, dans ce salon, qu'on n'ouvrait que pour ça, pour les soirées. Et maintenant, tout est humide, tout suinte, avec un cercueil, fermé, entouré de chaises, des chaises partout. Les femmes, assises, qui se donnent de l'air avec leurs éventails, les hommes, debout, qui vont et viennent, les vêtements, la peau, tout est humide, tout suinte, même les meubles, tout. Les personnes, les tasses, les thermos, les cafetières. Tout. Et il y a une odeur dans ce salon, une odeur insupportable qui se dépose partout, de café *corretto* à l'anis. Seuls les hommes le boivent, tandis qu'ils vont et viennent, échangent des signes, des regards. Les femmes, non. Certaines pleurent, certaines fixent le sol, toutes agitées sur leur chaise, muettes. Les hommes sortent fumer, rentrent, s'observent, des signes, des regards. Il y a une espèce d'odeur dans ce salon, et des fleurs, des couronnes de fleurs, autour du cercueil.

Tout est humide, tout suinte.

Et puis il y a une bannière, à côté du cercueil. Une bannière énorme, avec un Christ imprimé, un Christ qui semble te regarder, le visage un peu tourné vers la gauche. Le visage du Christ, dans ce salon. Un cercueil au centre, un cercueil fermé, plein, plein d'un corps. Un corps de quinze ans, un mètre soixante à peine, cent trente kilos, cheveux noirs, bouclés, yeux noirs, petits, joues rouges. Mais on ne le voit pas, on ne le voit pas, on ne voit rien, le cercueil est fermé, il est plein, mais il est fermé, le cercueil. Et le Christ, sur la bannière, le visage un peu tourné vers la gauche, qui semble te regarder.

Le cercueil est fermé parce que le corps qui le remplit est dans un tel état qu'il vaut mieux laisser le cercueil fermé. Personne ne l'a dite cette chose, mais tout le monde sait, cette chose. Dans ce salon tout le monde sait, et tout le monde regarde le cercueil. Des chaises partout, les femmes assises, les hommes debout, tous à regarder un cercueil, le bois, le bois clair. Mimì tourne autour, du cercueil. Depuis des heures, en suant, en passant entre les couronnes de fleurs, il en piétine une de temps en temps, une qui se prend dans ses pieds. Il la piétine, Mimì, cette couronne de fleurs tenue par des rubans rouges et blancs, cette couronne qui devrait avoir un sens sacré, mais non, non. Il la piétine, Mimì, tandis qu'il tourne, tourne autour du cercueil. Un doigt entre les dents, une main serrant son autre bras. Il sait que tout le monde regarde sa bosse. Tout le monde, depuis toujours, regarde sa bosse. Même ceux qui le connaissent bien, même ceux qui le voient tous les jours. Il le sait. Et ça le fout en rogne, Mimì, de se rendre compte qu'il pense à sa bosse, à cet instant. Ça le fout en rogne et il mord son doigt. Il le brise presque.

Il tourne autour, il tourne autour du cercueil. Il pense qu'il devrait l'ouvrir, le cercueil, le voir, son fils, peu importe comment il est arrangé, il s'en contrefout, il veut le voir, son fils, il aurait le droit. Il y pense, Mimì, en suant, il y pense, voir ce corps, ce corps qui remplit ce cercueil, dans ce salon. Après cependant, alors qu'il est là à tourner et penser, Mimì, son doigt entre ses dents, alors qu'il est là comme ça, on le distrait. Un ami, une amie, un cousin, un oncle, ils viennent là, ils le serrent, forts, silencieux, ils ne disent rien. Ils pensent pouvoir dire quelque chose, donner quelque chose, forts, silencieux. Mais non, ils ne disent rien, ils ne donnent rien.

La chaleur du sirocco, tout est humide, les vêtements, la peau, les meubles. Fin septembre, il fait chaud comme en août, la maison pleine, trop de gens dans ce salon. Mimì touche le cercueil, glisse un doigt dessus, son doigt se mouille, tout est humide, même le cercueil est humide, le cercueil. Mimì voudrait l'ouvrir, le cercueil, voir ce corps qui le remplit. Il a le droit, il est son père, le père du corps qui remplit le cercueil. Et il y pense, Mimì, il se le demande, si on peut dire qu'il est père d'*un corps*, non plus d'un enfant vivant, vrai, vivant, mais père d'un corps, seulement d'un corps qui remplit un cercueil. Puis Mimì entend un cri, c'est une des femmes assises. Une chose douloureuse, ça devrait être une chose douloureuse, mais pas pour Mimì. Il se tourne vers ces gens, les regarde tous. Non, il n'y a rien de douloureux si une de ces femmes crie. Mimì pense. Ils ne savent pas, eux, ils ne savent pas ce qui est douloureux. Et il les regarde, tous, tous dans ce salon. Tous ces gens, dans ce salon, à quoi pensent-ils ? Pensent-ils à ce qu'il faut faire ? Pensent-ils à comment aider Mimì ? Pensent-ils à comment aider la famille de Mimì ? À quoi pensent-ils, ces gens, à combien c'est terrible d'être là, dans ce salon, tous ensemble, en un amas de douleur ? Qui n'est pas de la douleur d'ailleurs. Mimì pense, ce n'est pas de la douleur pour tout le monde. Même pour lui, non, ce n'est pas de la douleur. C'est autre chose.

Mimì va à côté, dans sa chambre. Sa femme étendue sur le matelas, les yeux fermés, gonflée par les médicaments, deux cousines auprès d'elle. Mimì tourne autour du lit, va vers sa table de chevet, ouvre le tiroir, prend son revolver. Les cousines ne s'en aperçoivent pas, elles pleurnichent les yeux fermés. Mimì retourne dans ce salon, il crie, son revolver en main, il crie que s'ils partent pas il les tue tous, puis il tire.

Il tire au milieu du cercueil, des éclats de bois volent, un éclat heurte son œil droit, fort, un éclat de bois dans l'œil, Mimì ne le sent presque pas, juste l'impact, peu importe, il avance vers le cercueil, démonte des planches, extirpe des clous, s'arrache la peau des doigts, mais rapidement ils l'arrêtent, saisissent ses bras, lui retirent son revolver des mains, ils lui parlent, mettent un mouchoir sur son œil droit, l'éloignent du cercueil. Mimì a le temps de voir quelque chose, en leur disant les dents serrées de lui foutre la paix, qu'il va les tuer tous, Mimì voit quelque chose, quelque chose du corps qui remplit le cercueil, il voit un drap blanc, luisant, propre, en satin, et une silhouette chaotique, une espèce de chaos sous ce drap, puis Mimì tombe, ils l'allongent par terre, à côté du cercueil, dans ce salon, la dernière chose qu'il voit est le visage du Christ sur la bannière, le visage du Christ un peu tourné vers la gauche, le visage du Christ, les yeux du Christ, la dernière chose qu'il voit, Mimì. Puis il entend seulement le bruit sourd de sa bosse qui frappe le sol.

Quand Mimì se réveille, son visage lui fait mal. Et il a faim, il réclame Marta. Ils lui disent de rester calme, que Marta est à côté, qu'elle va venir, Marta. Puis Mimì demande ce qu'il a, il demande pourquoi il a si mal au visage. Ils lui disent qu'il a failli perdre un œil, qu'heureusement le bout de bois est pas arrivé en plein dans son œil, que là il est blessé quand même, mais c'est rien, ça va vite passer, un jour ou deux et c'est réglé, lui disent Vincenzo et Carmine, qui sont pareils, identiques, Vincenzo et Carmine, père et fils. Même là, sur son lit, tout étourdi, Mimì n'en revient pas qu'ils soient à ce point identiques le père et le fils, la voix, traînante comme si on les obligeait à parler, cette façon de parler qui nous empêche de savoir lequel des deux est en train de parler, Mimì ne supporte pas cette façon qu'ils ont de parler. Avant, quand Vincenzo et lui étaient jeunes, ça ne le dérangeait pas, Mimì, enfin, il n'y avait jamais fait attention, mais quand Carmine a grandi, qu'il a pris la voix de son père, alors oui, Mimì s'est rendu compte que cette voix traînante, comme s'ils te faisaient une faveur en t'adressant la parole, cette voix-là Mimì ne la supporte vraiment pas. Quelquefois, avec Marta, ils avaient plaisanté : « Une chance que *lu Vincenzu* et *lu Carmine* parlent peu, parce que cette façon d'parler qu'ils ont, tous les deux, vraiment c'est affreux. » Marta riait toujours quand Mimì disait du mal de quelqu'un. Elle exultait, Marta, comme si Mimì l'impliquait dans un de leurs trucs à eux.

« Où est Marta ? » demande Mimì. Ils ont tous les deux le front mouillé, Vincenzo et Carmine, ils transpirent aussi de la même façon, leurs chemises auréolées aux mêmes endroits, Carmine lui dit que Marta va venir, là, elle va venir, Vincenzo lui dit qu'ils ont préféré ne pas l'emmener à l'hôpital, qu'ils savent qu'il voulait pas donner trop d'explications, alors le docteur est venu, en courant il est venu, là il s'est absenté un moment, mais il va revenir, le docteur. Mimì a faim, il réclame à nouveau Marta, il l'appelle, fort. Marta arrive, de son pas pressé, elle lui demande comment il va, Mimì lui dit qu'il veut manger, Marta le regarde brièvement, elle susurre un d'accord et s'en va. Du salon arrivent des voix, nombreuses, de ce salon, le cercueil au centre. Il est encore plein de gens, ce salon. Mimì dit à Vincenzo qu'il veut pas de tous ces gens, que sa tête va exploser, qu'il va tous les tuer s'ils partent pas. Vincenzo lui dit que c'est pas possible, qu'on peut pas renvoyer tout le monde, que ces gens l'aiment bien, ces gens l'aimaient bien *lu Michele*, *lu Michele* était comme leur fils, un fils pour tous ces gens c'était, dit Vincenzo, on peut pas renvoyer ces personnes, elles sont là pour aider, pour entourer, Mimì doit être patient, dit Vincenzo, *lu Michele* ils l'aimaient tous, *lu Michele* était comme leur fils. Mimì dit que la prochaine fois qu'il dit ça, qu'il était comme leur fils, la prochaine fois il lui grille la cervelle, à Vincenzo. Michele n'était le fils de personne à part lui, le fils de Mimì seulement, et basta. Là il veut qu'on le laisse se reposer, son visage lui fait mal, il veut qu'on lui foute la paix, qu'on ferme la porte, il ne veut même plus manger. Mimì veut qu'on lui foute la paix, et un mot résonne dans sa tête, à Mimì, un seul mot. Le mot « basta », dans sa tête, Mimì. Basta.

Les flics n'étaient jamais entrés chez lui, et Mimì ne les aurait jamais acceptés, les flics, chez lui. Pourtant ils sont là, trois carabiniers. Un suffisait, mais ils sont venus à trois, parce qu'ils veulent savoir, ils veulent voir à quoi ressemble l'appartement de Mimì. Mimì le sait, ils ne sont pas venus juste pour lui dire les conneries qu'ils sont en train de lui dire – qu'ils ont attesté le suicide, qu'ils ont le devoir de l'en informer, que l'enquête est close, que Michele était seul dans l'appartement, qu'il s'est jeté par la fenêtre, il a fait un vol du septième étage, *un vol.* Les conneries qu'ils lui disent. Bravo, l'enquête est close, comme s'il ne le savait pas, Mimì, qu'en fait ces trois types sont là pour fouiner, fouiner dans ses affaires, des années qu'ils essaient, les flics, mais non, vous ne trouverez rien, pense Mimì, vous ne trouverez rien ici. Et il veut qu'ils s'en aillent. Il le dit, il veut qu'ils s'en aillent, il a compris, oui, mais là il veut être seul avec sa famille. L'un d'eux dit que c'est bon, ils ne les dérangent pas plus longtemps. Un autre cependant, le maréchal des carabiniers, bardé d'insignes, lui demande ce qu'il a au visage, pourquoi ce bandage. Mimì lui répond que ce sont ses affaires et qu'il a pas envie d'en parler. Le maréchal dit qu'il sait, il sait très bien, que Mimì ne veut jamais parler de ses affaires. Il le dit sur un ton qui se voudrait intelligent, en ébauchant un demi-sourire. Et ça le démange Mimì, ça le démange fortement, de le balancer du septième étage, le maréchal, lui faire faire à lui le vol du septième étage, le vol. Mais Mimì a malgré tout une pensée qui fait pleurer son œil libre du bandage, Mimì pense que même s'il balance le maréchal du septième étage Michele ne lui reviendra pas. Le seul à l'avoir fait, ce vol, c'est Michele, son Michele, et basta.

Dans sa tête, Mimì, de plus en plus, le mot « basta ».

Les jours après, après l'enterrement, Mimì ne s'en souvient pas. Mais peu importe. Parce que là tout était trop vrai, trop vrai, tout.

Ils passent, les jours passent, ce sont peut-être des heures, il ne sait pas, il ne sait pas vraiment combien de jours ou combien d'heures, Mimì, il ne sait pas. Cependant à un certain moment, peu après le déjeuner, Mimì téléphone, il appelle Carmine, il lui dit de venir. Dix minutes plus tard Carmine est là, assis devant lui, il remue son café dans sa tasse. Mimì lui demande où ça en est. Carmine lui répond qu'a priori c'est clair, ce qui est arrivé est clair, qu'ils voulaient attendre, il lui dit, ils voulaient attendre qu'il se reprenne un peu, pour ensuite tout lui expliquer. Mimì lui dit qu'il s'est repris et qu'il veut toutes les explications. Carmine boit d'un trait son café bouillant, puis il dit qu'en fait la lettre qu'ils ont trouvée c'est pas vraiment une lettre, qu'il l'a ici s'il veut, s'il veut la voir. Mimì dit qu'il veut pas la voir, non, la voir certainement pas, jamais, mais il veut savoir ce qu'elle contient. Alors Carmine sort un papier de sa poche, il le regarde en le tenant sous la table et dit qu'au début il y a des choses rayées qu'on comprend pas, et plus bas c'est écrit, il lit, *Et tout me fait mal. Belle N., je les ai haïs tous sauf toi*, il lit, et il s'arrête, Carmine. Mimì demande si c'est fini. Carmine dit que oui, après il y a juste la signature. Mimì demande s'il y a le nom et le prénom. Carmine lui répond que non, juste *Michele*, c'est signé, *Michele*.

Mimì ferme les yeux, sa blessure lui fait mal, sa tête lui pèse, une chose dedans, dans sa tête, lui pèse, puis il ouvre les yeux. À nouveau il demande où ça en est. Carmine dit, avec cette voix de merde, il dit qu'ils ont découvert que, un jour avant les faits, on a vu Michele devant le lycée, il s'était approché d'une gamine, elle était assise sur un scooter garé, Michele s'est approché, on l'a vu parler un moment avec la gamine, puis lui donner une chose, Michele à la gamine, une chose comme un livre ou des feuilles, puis la gamine a éclaté de rire, et rien, après ça Michele est parti, il est allé en cours, il était huit heures du matin, et rien, il a été nerveux toute la journée, sans parler, toute la journée, et rien. Mimì reste silencieux un moment, il fixe Carmine, puis il demande qui est c'te gamine. Carmine dit qu'ils savent où elle habite, qu'elle vit seule avec sa mère, qu'ils y vont quand il veut, lui poser quelques questions. Mimì dit que non, qu'il a rien à demander, Mimì dit qu'y a rien à comprendre, qu'il a tout compris, Mimì dit que le mieux est de l'amener chez Veli, là, dès qu'il aura plus c'machin à l'œil ils la choperont et l'amèneront chez Veli, y a rien à comprendre, basta. Carmine dit que ce serait bien de discuter au moins avec une ou deux amies d'la gamine, qu'elles en savent peut-être plus, comme ça lui aussi peut se faire une idée. Mimì dit qu'il va réfléchir, que là maintenant ça lui casse les couilles, il a mal à l'œil et veut qu'on lui foute la paix.

Carmine se dirige vers la porte, puis il s'arrête, se tourne, revient en arrière de quelques pas, il regarde

Mimì qui serre ses mains, il baisse la voix pour parler, Carmine. Il dit qu'ils sont tous un peu préoccupés en général, oui, pour cette histoire de Michele, comment se sent Mimì, oui, préoccupés, mais il y a une autre chose qui les préoccupe un peu, c'est qu'en fait Arianna quitte plus son lit, cette histoire de son frère, elle l'a très mal vécue, vraiment très mal, Arianna, et même le docteur a dit que si elle continue comme ça, que si elle mange pas, si elle reste toujours couchée à pleurer, le docteur a dit que si elle continue à faire ça, il faudra envisager un internement, un internement forcé, selon lui, oui, forcé. Mimì se tait, regarde ses mains, les serre. Et Mimì sait que c'est une connerie, cette histoire d'internement forcé. Encore une lubie que Marta, sa femme, a dû mettre dans la tête de Carmine. Mimì sait ce que c'est un internement forcé, et il sait que ces gens se foutent de lui. Et maintenant il voudrait le tuer, Carmine. Comment se permet-il putain ? Depuis quand il s'intéresse à sa fille, lui ? Qu'est-ce qu'il lui veut ? Qu'est-ce qu'ils veulent tous ? Sa vie, Mimì, il a l'impression qu'on lui viole : sa vie, ses enfants. Tous ces gens qui entrent dans sa vie, qui font ce qu'ils veulent. Et il voudrait les tuer tous, tous. Même Carmine, il le tuerait de ses mains, maintenant. Mais Mimì se tait, parce que soudain, comme un renvoi, son cœur explose dans sa gorge : la pensée de sa petite, son Arianna, là toute seule dans sa chambre. Son cœur, à Mimì, explose. Mais il n'y arrive pas, il n'y arrive pas : là, en tête, il n'a que Michele, Michele, Michele. Et il serre fort ses mains, Mimì. Son alliance comprime sa peau, alors qu'il serre ses mains.

Et il tousse, il tousse fort. Carmine attend une réponse, elle ne vient pas. Alors Carmine ajoute que peut-être ce serait mieux si Mimì allait lui dire quelques mots, parce que depuis l'histoire de Michele, finalement, personne a prêté attention à Arianna même une minute, et que finalement, sentir son papa près d'elle pourrait lui faire du bien, oui. Mimì se lève d'un bond, sans regarder Carmine, il lui dit de s'occuper de ses affaires et de dégager.

Son Arianna est allongée là. *Jetée*, littéralement, sur le lit. Pour Mimì c'est une explosion de blanc : draps, taies, tout est blanc, les rideaux, la lumière qui entre par la fenêtre, tout est blanc, la peau de sa fille, blanche, si blanche que même ses cheveux, blonds, semblent blancs aussi avec tout ce blanc autour. Quand Mimì ouvre la porte, sa fille se tourne doucement vers lui, la porte grince, sa fille tend le cou vers lui, on dirait que c'est son cou qui grince. Ses lèvres commencent à trembler, à son Arianna. Elle fond en larmes. Mimì reste sur le seuil. Puis, quand les sanglots de son Arianna se calment, Mimì, avec la même voix que lorsqu'il ordonne à Carmine de faire quelque chose, lui dit que pour le moment, pour le moment il est seulement le père de Michele, pour le moment il peut rien faire d'autre, il a pas d'explication, c'est comme ça, depuis que Michele est mort il sent qu'il a qu'un enfant, et il sait pas comment l'expliquer, c'est comme ça. Puis Mimì se tait, sa fille aussi, ils se regardent. Mimì voudrait dire qu'il regrette, mais non, il n'y arrive pas, il ne sait pas pourquoi, il s'en va. Il laisse la porte ouverte.

Un souvenir, tandis qu'il retourne d'où il vient, vers la cuisine, tandis qu'il marche dans le couloir, dans le couloir sombre et sans fenêtres. Une pensée le traverse, Mimì, un souvenir de quand il était petit – son père qui l'emmène au stade un après-midi, il faisait très froid, au stade, et le soir il était malade, une fièvre terrible. Tandis qu'il est dans le couloir, Mimì y pense, il n'a plus regardé le foot. Puis il s'arrête un instant. Il se demande si cette foutue pensée a sa place maintenant. Et il se dit Mimì, il se dit : elle a toujours sa place, cette foutue pensée, toujours. Et puis à nouveau ce mot, dans la tête de Mimì, ce mot qui efface tout : « basta ». Une batterie comme celles des groupes de rock sataniques qu'écoutait Michele dans sa chambre : le mot « basta » martelé au rythme d'un démon qui se déchaîne dans sa tête. Basta. Mimì a une vive douleur au visage, alors que des larmes coulent de son œil sain. Basta. Dans sa tête, Mimì, de plus en plus, de plus en plus.

~~*Tout me fait mal. La bête a fait de moi*~~
~~*une bête. Je suis moi aussi bête*, alors.~~
~~*Maintenant qu'elle est en moi, cette bête.*~~
~~*Maintenant je suis moi aussi bête. Un mal.*~~
~~*Un père me fait mal dans tout mon corps.*~~

Et tout me fait mal.

Belle N., je les ai haïs tous sauf toi.

Michele

2

VELI

J'ai un livre entre les mains, le même. Et tu es debout devant moi.

« Je peux entrer dedans ? »

Je ne comprends pas. Je tente un sourire.

« Pour rester toujours ensemble, dis-tu. Fais-moi entrer dans le livre. Pour y rester. Toujours. »

Je continue à ne pas comprendre. D'accord, viens, reste, je pense, mais je n'arrive pas à le dire : les mots se bloquent dans ma gorge, trop denses, trop.

Je me réveille en sursaut, avec un enfer dans l'estomac. Je cours jusqu'au lavabo. Je vomis dedans. Puis je nettoie bien.

Le lavabo et les cabinets doivent être toujours propres. Quelque chose de *vrai*, l'héritage d'une maison. Je ne pisse jamais à côté de la cuvette, si quelques poils de barbe ou quelques cheveux tombent dans le lavabo je les fais disparaître tout de suite.

Quand je vomis j'essaie de ne pas salir le rideau rosâtre : suspendu à un crochet vaguement fixé au plafond, et censé séparer cet angle du reste de la pièce.

Tout fait partie d'un mécanisme dont les morceaux ne tiennent pas ensemble, aucun morceau.

Quand je reviens vers le lit tu es encore là. Étendue, sur le matelas jeté par terre : ce matelas récupéré Dieu sait quand près d'une benne à ordures.

Nue, tu montres le plafond noirci de moisissure.

« Si on le fixe on dirait qu'il bouge. On dirait un fleuve. »

Je connais déjà la suite. Cette scène a déjà eu lieu, quelque part, en quelque temps avant ici.

« Le fleuve du devenir. »

Une brûlure acide dans la gorge.

« Le fleuve d'Héraclite. Il s'appelait comme ça, non ? »

Je ferme les yeux, en sachant que quand je les rouvrirai le lit sera vide.

Le mécanisme est enrayé. Aucun morceau ne tient.

Aucun morceau de moi.

Impossible de vivre, si c'est ainsi que je dois vivre.

Mais non. Ce sont des moments, ce sont des pensées.

Je perds des morceaux, des morceaux de moi. Comme si je les disséminais dans la pièce.

C'est juste que je ne suis jamais fatigué. Et cela m'épuise. Juste ça.

Je perds des morceaux, je dois me reconstruire.

Certains rêves – rêves ou autres – je n'en veux pas. Ils me font mal, parce qu'ils me distraient de mon rôle, de mon devoir. Et je n'ai qu'un moyen pour rester vivant : jouer mon rôle, accomplir mon devoir. C'est ce que je me dis – ce que je dois me dire.

Je n'ai pas de miroir, plus de quatre-vingt-dix jours sans me voir. J'imagine mes yeux.

J'essaie quand même de me reconstruire, aujourd'hui aussi.

Le visage, j'ai beaucoup de barbe, j'y plonge les doigts, baisse les yeux et la vois, noire, frisée, je la tire, je la tire jusqu'aux larmes.

Puis les lèvres. Il y a quelques jours elles étaient gercées, maintenant plus. Je mords la lèvre inférieure, fort, j'appuie avec les incisives supérieures pour l'écraser sur les incisives inférieures, jusqu'à sentir un goût de sang.

Les pieds, nus. J'ai les ongles longs. Je regarde mes jambes, les poils, la peau, les os. Ma queue sous mon boxer – je la touche, la frotte, elle reste molle, je la sors, elle me semble d'une étrange couleur grise, je la rentre.

J'imagine mes yeux.

Par l'unique minuscule fenêtre entre une lumière forte. Il fera chaud aujourd'hui. À nouveau, chaud. Encore, depuis des mois.

Je regarde dehors, ce peu que je peux voir. Le paysage minimal que je connais désormais par cœur, l'espace immobile depuis des mois dans l'absence de vent ou de pluie, rythmé seulement par le changement des ombres.

Un mouchoir de terre rouge et sèche, treize buissons de mauvaises herbes grisonnantes, vingt-huit pierres de diverses formes, la dépouille d'un figuier de Barbarie. Un long muret, dont je ne sais où il commence et où il finit : une ligne de pierres au-delà de laquelle il n'y a que des rangées d'oliviers à perte de vue. Au loin les quelques maisons du village : sept ou huit, difficile à dire, cela dépend de la lumière. La mer, d'ici, c'est comme si elle n'existait pas.

Tout est terre, soleil, plantes, ombres, pierres. Un lieu rude et austère : je m'y jetterais maintenant. Je courrais sur la terre sèche, enjamberais le muret, crierais de joie sous chaque arbre. Jusqu'à arriver au village, lancé comme un dé entre les maisons blanches toutes semblables, sur les pavés disjoints de la place. Il n'y avait pas un poète qui disait une chose de ce genre ? Sans doute. Je ne me rappelle plus rien des choses que je savais avant. Rien.

Dans cet espace que je peux voir jamais personne ne passe. Jamais. Si quelqu'un arrive en voiture, c'est par la route, qui échappe à cet angle de vue.

Les premiers jours j'étais sûr d'avoir aperçu, à la nuit tombée, une silhouette se déplacer derrière le muret, entre les arbres. Juste une ombre, et seulement un instant. C'est arrivé deux ou trois soirs de suite.

Je n'étais pas sûr de ce que je voyais, mais la dernière fois j'ai crié, j'ai appelé l'ombre, à l'aide. Rien, cependant. Silence, quelques grillons. Et après ça je n'ai plus rien vu de tel. Depuis quelques semaines d'ailleurs, j'ai arrêté de regarder par la petite fenêtre à la nuit tombée. Comme si j'avais peur : de voir quelque chose – de demander de l'aide à une ombre.

J'ai presque pensé un moment que cette ombre pouvait être toi.

Cette nuit-là tu t'es assise ici à la table. Les bras croisés, les yeux rivés sur un point – rêveurs.

« Quand nous vivrons ensemble, le plus beau ce sera le petit déjeuner. »

Je savais déjà que tu parlerais des brioches du café L'Artigiana.

« Tu iras me chercher des brioches chaudes tous les matins ? Celles de L'Artigiana.

– Bien sûr », t'ai-je répondu à voix haute. J'ai eu honte de moi.

Je ne petit-déjeune pas aujourd'hui non plus. En réalité, depuis que je suis ici, même les déjeuners et les dîners n'existent plus. Je me suis aperçu très vite que la faim me donne le sentiment d'être vivant, d'une étrange manière – vivant, pas comme je le voudrais, non, mais vivant. D'une certaine manière.

Quand je mange je n'ai jamais faim. Je mange mal, parce que je ne peux manger que ce qu'on m'apporte : presque toujours des pommes que je ne lave pas ou des Würstel que je ne peux pas faire cuire et que j'avale donc crues.

Carmine doit venir aujourd'hui. C'est son tour. Il m'apportera ce qu'il faut pour ne pas me laisser mourir.

Il n'y aura rien de nouveau pour moi, pas de nouvelles de l'extérieur, comme toujours.

Vingt personnes, jusque-là. Pour autant que je sache, encore toutes vivantes. Du moins, c'est ce qu'ils me font croire.

Ils les amènent ici, ils les laissent un jour ou deux, les terrorisent, terrorisent leurs familles, puis ils les font sortir. Avant qu'elles reprennent leur vie ils les terrorisent d'une autre manière – un os brisé, un revolver sur la tempe jusqu'à ce qu'elles se pissent dessus. Ce genre de choses.

Ton père a des hommes qui feraient n'importe quoi pour lui. Et ils font vraiment n'importe quoi. Même ce genre de choses. D'ailleurs, je crois que ce genre de choses est ce qui amuse le plus les petits soldats comme Carmine. Et ton père sait bien à quel point c'est important que ses hommes puissent s'amuser en torturant des personnes. C'est comme s'il jetait de la viande crue à une meute de chiens affamés.

J'asperge mon visage d'eau froide et frotte. Fort, de plus en plus fort, j'ai presque peur de faire gicler mes yeux. J'enfouis, ensuite, mon visage dans la serviette.

La serviette que tu as à peine utilisée – l'odeur de tes dents lavées, les traces de mascara.

Et là, ce matin, comme chaque matin, je voudrais rester : dans l'obscurité spongieuse, dans un cri ouaté.

J'émerge. Le cri sèche. Je regarde le lavabo. Partout des morceaux de moi.

Je pense que cela aurait été bien. Si à la place du cœur j'avais eu un vide, un vide biologique, une palpitation sans conséquences. Cela aurait été bien. Cependant j'ai un cœur, un cœur *vrai*.

Et je perds des morceaux.

Parce que je suis vivant. D'une certaine manière. *Vrai*. Et je dois vivre.

Accroché au mur, à côté d'une horloge qui semble indiquer toujours la même heure, il y a un calendrier. Je le fixe un peu. 1994, écrit en rouge, énorme, comme quelque chose de festif. Et aujourd'hui c'est mon quatre-vingt-quatorzième jour ici.

94. 94. Et si ce n'était pas un hasard.

Si je me tuais.

Mais non.

C'est que je ne suis jamais fatigué, et cela m'épuise.

Ce sont des moments, ça passe.

Je dois me reconstruire.

Des morceaux de moi sur la table rectangulaire au centre de cette chambre. Je pose une main sur le bois usé. Quelqu'un a gravé, énorme, avec une clé : ANDREA SUCE.

Je me traîne vers l'unique chaise. Une de celles qu'on trouve dans les écoles. Sur le dossier une queue stylisée dessinée au marqueur noir, et une inscription autour : DE MYSTERIIS DOM SATHANAS. Des morceaux de moi.

Des morceaux de moi dans les trois grands sacs noirs par terre, dans un coin : un sac contient une nappe élimée, une paire de ciseaux épointés, deux pommes, deux paquets de Würstel qui devraient aller au frigo, mais il n'y a pas de frigo ici, deux paquets de pain de mie, qui étaient là avant mon arrivée et que je ne mangerai jamais ; l'autre sac est une poubelle ; le dernier, celui du couteau. Le couteau qui n'a encore jamais servi.

Je fixe le mur en essayant de réfléchir.

Un autre coin, pas celui des sacs. Un balai et une pelle. Je ne les ai jamais utilisés, parce que je ne balaie pas et ne balaierai jamais. Tant que le lavabo et les cabinets sont toujours immaculés. Le reste est l'antre d'un cauchemar. Alors place au cauchemar : sale, morbide, horrible.

Ton père est venu peu de fois, ici.

La première fois, deux ou trois jours après m'avoir enfermé. Il est venu pour me parler du couteau dans le sac. Il m'a dit que je devais l'utiliser pour menacer les personnes séquestrées si elles tentaient de faire une chose dangereuse. J'ai l'autorisation d'utiliser le couteau seulement en cas d'agression. Cette règle repose sur la confiance de ton père envers le « *caneminchia* », le chien galeux que je suis, selon lui. Un pauvre con, trop bon pour faire du mal.

En théorie je pourrais tuer les détenus juste pour le plaisir, et puis mentir en disant que je l'ai fait parce que j'avais subi une agression. Mais aucun détenu n'a jamais osé. Et je ne suis pas un assassin. Hélas. Ton père le sait bien. Je n'arrive même pas à utiliser ce couteau contre moi. Ça aussi, il le sait très bien.

Le rêve du livre ; cette nuit c'était peut-être la troisième fois. Je ne vois pas ce qu'il peut signifier.

En réalité je suis persuadé que derrière il n'y a aucune signification.

C'est une obsession, seulement une obsession. Inguérissable. Désormais il est trop tard.

Cette fois, avant de partir, ton père a ajouté : « Bien sûr, tu peux aussi utiliser le couteau pour te tailler les veines, personne ne pleurera » et puis il a ri franchement, en me donnant une caresse.

Alors j'ai vu – vraiment – la bête : dans cette caresse. Et je ne peux pas m'empêcher de penser, avec horreur et terreur, à toutes les caresses que tu as reçues de lui.

Avec horreur, avec terreur : comme si sa bête était un germe capable de se déplacer, de t'infecter aussi.

Me reconstruire. Des morceaux de moi partout. Des vêtements, éparpillés. Les rares qu'ils m'ont apportés, mais qui, disséminés de manière fortuite, semblent beaucoup plus nombreux. Évidemment il n'y a pas de machine à laver. De temps en temps, les premiers jours, je remplissais d'eau le lavabo pour y faire tremper au moins les chaussettes et les slips. Je les frottais un peu et les mettais à sécher sur la chaise. Plus maintenant.

Place au cauchemar.

La lumière qui entre par la petite fenêtre.

Le sac du couteau.

La lumière augmente, augmente la chaleur.

Je transpire. Les yeux rivés sur mon point préféré. Un endroit sur le sol où les carreaux ont été mal posés, du coup la ligne grise qui les sépare est particulièrement épaisse.

Tu te réveilles après avoir dormi avec un homme, tu restes au lit pendant qu'il va au café L'Artigiana.

Je m'allonge sur le matelas. La moisissure au plafond. Une tache de plus en plus sombre. Je l'enserre dans mon regard, la dilate. Noir. Une perturbation humide qui semble tout envahir.

Le fleuve d'Héraclite. Le devenir.

Quatre-vingt-quatorze jours que je me noie en un point de ce devenir.

Et toi, toi aussi tu es en un point, qui sait lequel, de ce flux.

Un instant tu souris, près de mon aine. Je m'écarte avec un grognement exténué.

Je m'endors, et c'est comme un évanouissement.

Des bruits d'objets sur la table.

Carmine ne se tourne pas vers moi, il fait juste un signe de la tête. « Hou, Veli, dit-il platement, couvre-toi, on voit tout. » Je ne comprends pas immédiatement. Puis je regarde entre mes jambes et comprends. Je ramasse sur le sol le pantalon le plus proche, je l'enfile.

Au moins trois heures ont dû passer depuis que je me suis endormi. Je regarde l'horloge. Non, six. Je serre ma tête entre mes poings.

Carmine finit de mettre les provisions sur la table : pommes, Würstel, serviettes en papier, quelques bouteilles d'eau, papier hygiénique, Javel, assiettes en plastique, couverts en plastique, verres en plastique. Vu la quantité de choses qu'il a apportées je déduis que quelqu'un va venir, ici. À nouveau.

Je l'observe, en attendant qu'il parle, qu'il donne les consignes, comme d'habitude. Ses yeux sont agaçants, stupides et éteints, avec ces paupières également agaçantes, basses, et sa bouche agaçante, charnue, toujours entrouverte, et ces tee-shirts, enfin, agaçants, trop courts et ajustés pour un type aussi gros, aussi petit. J'observe ses bras, tatoués, épilés, bronzés. Agaçants. J'observe les miens, maigres, poilus, blancs.

Je préférerais nettement tuer Carmine plutôt que me tuer moi. Et je m'aperçois que cette pensée est une autre de celles qui me donnent le sentiment d'être vivant. Je l'approfondis : j'imagine mes mains autour de ce cou épais – le presser jusqu'à sentir ce qu'il y a dedans.

Il jette sur la table un paquet à l'emballage violet. Des serviettes hygiéniques. Il fait un clin d'œil et une espèce de sourire.

« Une fille. Ou ce soir ou demain », il fait un autre clin d'œil. Puis il montre sa langue en tapant dans sa paume gauche avec deux doigts de sa main droite, pour imiter le bruit d'une baise.

Je me mords la lèvre. Je n'arrive pas à m'habituer au dégoût que m'inspire cet homme. « Carrément des serviettes hygiéniques ? je demande, c'est quoi toute cette attention ? »

Il ne me répond pas. Il s'apprête à sortir. « Hou Veli, une sacrée poulette, crois-moi. Elle est p'têt même encore vierge. Vas-y mollo. » Sans se retourner. Et il éclate de rire, en ouvrant la porte blindée.

« C'est tout ce que je dois savoir ? » Mais il est déjà sorti. Il referme la porte derrière lui, le claquement métallique. Trois tours de clé.

Je regagne le lit, avec encore en tête l'image de mes mains qui serrent ce cou. Ce serait bien, ce serait juste.

Dix-neuf hommes et une femme. Tous coupables de fautes insignifiantes, des petites choses que ton père considérait comme « à punir car irrévérentes », recourant à une de ses formules qui lui donnent l'impression d'être un homme du monde, un homme qui sait parler – je l'ai vu ici, devant ses soldats, essayer de prendre des airs avec un langage truffé d'erreurs.

La femme était une dame âgée et délicate. Ils l'ont gardée ici juste quelques heures, mais je suppose qu'elles ont suffi à la dévaster. Ils m'ont dit que c'était ta professeure de littérature anglaise. Elle ne savait pas de qui tu es la fille, elle te recalait régulièrement à son examen. Ici, elle est restée assise sur la chaise tout le temps, en regardant le carrelage, en murmurant des choses. Au début je pensais que c'étaient des prières. Puis, en écoutant bien, je me suis aperçu qu'elle parlait en anglais. Je lui ai demandé ce qu'elle disait. « Byron », elle m'a répondu sans cesser de trembler. « Byron ? », « Oui, le poète. » Elle n'arrêtait pas de murmurer ces choses en anglais. Parfois elle s'adressait à moi : « Pardon. » Et elle recommençait. Comme si c'étaient des prières. En même temps elle pleurait. Et, en cachette, cette fois j'ai pleuré aussi.

Des morceaux. Un mécanisme flingué.

Si à la place du cœur j'avais eu un vide. Cela aurait été bien.

Mais non : un cœur – un cœur *vrai*.

3

MIMÌ

Dans ce salon il n'y a plus le cercueil, maintenant. Il y a une table, maintenant, au centre de ce salon. Mimì est assis à cette table, à sa droite Carmine, à sa gauche Vincenzo. Deux jeunes filles sont assises en face d'eux, elles s'appellent Noemi et Samantha. Mimì tousse. Là où le jour de l'enterrement se trouvait la bannière du Christ, il y a à présent un rayon de soleil qui entre par la fenêtre et pique vers le sol. L'espace d'un instant, Mimì pense que c'est peut-être une sorte de signal, comme si Michele était au paradis et envoyait un signal à travers un rayon de soleil. Mimì y pense, en se frottant les yeux. Il tousse. Il y pense un instant, mais il est fatigué, Mimì. Il rouvre les yeux. Devant lui, ces deux gamines. Leur vue l'agace. Sur leur visage il voit une espèce de curiosité stupide. Or Mimì voudrait voir la peur. Il voudrait qu'elles sachent ce qui lui passe par la tête, quand il les regarde. Les amies de cette petite pute qui lui a tué son fils. Il les regarde, elles ont les yeux perdus, les yeux qui errent dans la pièce comme si elles admiraient on ne sait quoi. Il les regarde, Mimì, ces deux-là, et il pense, Mimì, il pense qu'il sort, descend au garage, prend l'acide, remonte, verse l'acide sur ces deux-là, il y pense Mimì, à comment elles crieraient, à combien elles crieraient, et cette foutue expression de curiosité stupide elles ne l'auraient plus, ces deux-là. Puis soudain, Vincenzo parle : « Alors », dit-il. Noemi et Samantha cessent de regarder autour d'elles. Mimì sourit, de son sourire le plus calme, il dit, séraphique : « Nous, les filles, on veut savoir une seule chose. C'est vrai que l'autre matin mon Michele a fait sa déclaration à c'te Nicole ? Et c'est vrai que c'te Nicole lui a ri au nez ? »

L'une est blonde, l'autre brune. La brune a les cheveux courts, un chemisier bleu, elle n'est pas maquillée. La blonde a du rouge à lèvres, du crayon, du mascara, un tee-shirt blanc avec un motif étrange. Les cheveux longs, détachés, avec une mèche qui, d'une certaine manière, lui donne un air encore plus stupide. Elle s'éclaircit la voix, la blonde, pose ses mains sur la table et, avec son pouce droit, elle commence à gratter son pouce gauche. Elle regarde ses mains, et parle, d'une voix aiguë. Elle parle vite, respire peu.

« Enfin, bon, Nicole voulait pas rire. Enfin, ça lui a échappé, mais c'était pas méchant. Allez, en fait tout le monde savait que Michele Maradona en pinçait pour elle. »

Mimì tousse. Vincenzo aussi.

Carmine renifle fort et regarde la blonde avec les yeux écarquillés d'une bête sur le point d'attaquer : « "Michele Maradona" ? C'est quoi cette connerie ? »

Mais la blonde reste impassible. Elle sourit, même. Un sourire vide, idiot.

Et la brune aussi, sourit. Un sourire différent. Le sourire de qui a compris. Et elle sait qu'elle doit dire quelque chose : « On l'a toujours appelé comme ça. Mais c'est un truc entre amis, m'sieur Mimì. Vraiment. Juste un truc entre amis. » Et elle sourit encore.

La blonde acquiesce : « Oui, oui, bien sûr », dit-elle en regardant Mimì.

Et Mimì la regarde, la blonde. Il la regarde pour voir si maintenant elle a compris : mais toujours pas, sur ce visage, de signe de peur. Rien. Elle a seulement les yeux pleins de vide. Voilà, oui : les yeux pleins de vide. Ça, et rien d'autre, c'est ça que voit Mimì dans les yeux de c'te gamine blonde.

La brune oui, par contre : la brune a compris, Mimì le sait, il le sent. Elle n'a pas encore *la* peur, dans les yeux, mais Mimì sait que ça ne va pas tarder : il sent un frémissement imperceptible dans les poignets de la brune. Il le sent, Mimì, comme il sentait les poissons dans la mer quand il aidait son père à pêcher. Enfant, la nuit.

Il sait sentir la peur, Mimì. La brune a presque peur. Et pour l'instant, à Mimì, ça lui suffit.

Carmine se tourne vers Mimì comme pour lui demander ce qu'il doit faire. Mimì se frotte les yeux avec ses deux mains : « Laisse-la parler, j'veux l'entendre », dit-il calmement.

Carmine regarde la blonde. Toujours avec ses yeux de bête : « Alors. »

Et la blonde acquiesce. Et elle continue. Et elle semble presque contente de pouvoir continuer. Comme au début, elle se gratte un pouce avec l'autre pouce. Elle semble s'adresser à ses propres mains, de sa voix aiguë qui s'arrête jamais, sans reprendre son souffle.

« Parce que lui, Michele Maradona, il l'avait dit à tout le monde qu'il était amoureux de Nicole. Et il s'est carrément pointé là, l'autre matin, devant le lycée, avec des poèmes à la main. Bon, allez, le prenez pas mal hein, mais bon… en plus Nicole était là, sur son scooter, furax parce que la veille, tout le monde le savait, elle s'était disputée avec son copain, le Milanais. Elle était là, sur son scooter, Nicole, elle pensait sans doute encore à son copain. Et elle voit se pointer Michele Maradona, avec ses poèmes à la main, bon, allez… en tout cas elle lui a pas dit "Va-t'en", non, elle était sûrement touchée. Parce qu'on sait tous comment elle est notre Nicole, au fond. C'est une gentille. Une sensible, vraiment. Elle aussi toujours avec ses poésies, ses chansons, ses trucs romantiques. Mais bon, allez, Michele Maradona se pointe devant toi, il est huit heures du matin, tu dois aller en cours, t'as déjà tes problèmes qui te rendent nerveuse, O.K., t'es touchée, mais tu fais quoi ? Tu ris ! Allez, c'est normal : tu ris ! Tu te retrouves avec ces poésies dans les mains… c'est normal, n'importe qui aurait ri ! Mais comme ça, sans méchanceté, voilà, spontanément, disons. Avec tendresse, disons, voilà. Parce que Michele Maradona, allez, tout le monde le sait… le prenez pas mal hein, surtout. Parce qu'à la fin on le regrette tous, oui. À la fin on lui voulait que du bien, un bien que peut-être même lui il imaginait pas, le bien qu'on lui voulait tous. Mais on savait tous que bon, avec Nicole, c'était mieux qu'il laisse tomber. Allez, quand t'es Michele Maradona tu sais qu'une fille comme Nicole est pas faite pour toi. Je veux dire, y a plein d'autres filles. On savait tous que cette histoire de Michele Maradona et de Nicole était une chose un peu folle. Parce que Nicole est une de ces filles un peu distinguées, disons. Michele Maradona, bon, Michele Maradona à la fin était un peu étrange. Mince, ça fait drôle de parler de Michele Maradona au passé, mamma mia, ça donne le cafard. Parce que vraiment, à la fin on lui voulait tous un bien que oui, allez, on était tous ses amis. On le charriait un peu, mais comme ça, comme on le fait entre amis, disons. D'ailleurs lui, ça le gênait pas. Il riait avec nous. On pouvait l'appeler "Maradona" sans problème. Et là, tout le monde continue à l'appeler "Maradona" parce que lui, justement, ça le faisait rire. Et puis à la fin, il était un peu comme ça, un peu costaud, disons, ouais, comme ça, avec ses cheveux noirs épais, ses petits yeux, il ressemble, non, il ressemblait, mince, quel cafard de parler au passé, allez, il ressemblait à Maradona, un peu. Et il s'en fichait pas non plus, au contraire, il riait quand on l'appelait comme ça, aussi parce que bon, Maradona est pas moche, hein ? On voyait qu'il aimait qu'on l'appelle comme ça. Il riait toujours. On s'en souvient tous. Même quand on se faisait des blagues, allez, ce sont des choses qui se font. On a toujours fait ça, des blagues, même nous, entre nous. “Nous”, attention : ça peut donner l’impression que c’était nous qui le traitions mal, que Michele Maradona a fait ce qu’il a fait à cause de nous. Mais non, non, on était ses amis à la fin, les amis de Michele Maradona. Vraiment, il imaginait pas tout le bien qu’on lui voulait. C’est clair à la fin, allez, notre Nicole est pas responsable, comment elle pourrait. Même si ça a sûrement été un coup dur, le râteau de Nicole. Elle lui plaisait vachement, et allez comprendre après : les états d’âme, les psychologies de chacun, on peut pas comprendre. En tout cas on est tous très tristes. Vraiment tristes. Là, par exemple, on pensait organiser quelque chose en son nom, oui, genre un tournoi de foot en son honneur, parce que ces gestes-là sont beaux à la fin. Et ça nous blesse tous si les gens pensent des mauvaises choses de nous. Peut-être que vous, là, et toute sa famille, vous pensez que quelqu’un le maltraitait. Mais non, Michele Maradona était notre ami, un vrai ami. S’il faut absolument aller chercher une explication, oui, bon, c’est clair, on pense à Nicole. Mais au bout du compte, personne est responsable. La pauvre là, elle, notre Nicole, mais non, c’est impossible de dire que c’est la faute de Nicole, la pauvre. Parce qu’elle doit tellement souffrir là, notre Nicole. On la connaît, elle est un peu comme ça, disons un peu chochotte, voilà, mais pas méchante. Enfin, une jolie fille, très soignée, très fine, mais elle ferait jamais de mal à personne, non, pas elle, non. Elle voulait pas rire, enfin, c'est le genre de situation qui nous échappe. Allez, si une fille se trouve dans ce genre de situation, enfin, qu'est-ce qu'elle peut faire ? Elle rit, c'est normal, elle rit. »

Et elle soupire, la blonde. Elle détache son regard de ses mains. Son pouce est rouge tellement elle l'a frotté. Mais elle sourit. Et elle regarde Mimì, Vincenzo, Carmine. Elle les regarde comme si elle attendait sa note après un examen. Mimì, les yeux fixés sur la table, n'a cessé de penser au bidon d'acide dans le garage. Et à combien ça le rendrait heureux de le vider sur le corps de la blonde, ce bidon. Puis de jeter sur elle une allumette. Ça le rendrait heureux.

Mimì sait que Carmine et Vincenzo bouillonnent. Il le sait, il sent leurs respirations lourdes de bêtes qui flairent l'odeur du sang. Ils sont passés à l'acte pour bien moins que ça : ce babillage de la blonde les a rendus fous de haine et de rage, Mimì le sait. Parce qu'il les a dressés. Mais Mimì ne veut rien faire. Il ne veut rien d'autre. Il a compris. Il reste quelques secondes immobile, en regardant un point sur la table où se reflète la lumière qui vient de la fenêtre. Puis il lève les yeux, Mimì, mais ne regarde pas la blonde. Il regarde la brune. Et il la voit : la peur. Enfin, il la voit. La peur. Il lui demande, de cette voix calme et chaude qu'il maîtrise parfaitement dans certaines situations : « T'es qui, toi ? Noemi ou Samantha ? » « Noemi », répond la brune en évitant son regard. Mimì sourit. Cette façon qu'ont les personnes de se mettre à l'abri, cette façon de fuir ses yeux : elle le comble, cette peur, le fait se sentir vivant. Il sourit, Mimì. Il se lève. Vincenzo et Carmine l'imitent, mécaniquement. Mimì regarde la blonde maintenant. La blonde le défie, avec cette espèce de sourire qui semble plaqué sur ses lèvres comme du ruban adhésif. Mimì ne parvient pas à cacher une grimace de dégoût en disant à Carmine : « Ramenez-les chez elles. » Mais Carmine respire lourdement, il a les yeux confus, cette confusion hébétée qui énerve Mimì depuis toujours. Carmine s'approche, avec appréhension, de l'oreille de Mimì : « La mère de la blonde est enfermée dans son garage. Sous sédatif. Qu'est-ce qu'on fait ? » susurre-t-il haletant. Mimì lui lance le même regard de dégoût qu'à la gamine blonde. Il est fatigué, Mimì, fatigué de ces histoires, de ces mises en scène : « Faites ce que vous voulez, oubliez-moi, basta. »

Mimì s'éloigne, il va vers la porte qui donne sur le couloir. Il le sait, il le sent : les gamines regardent sa bosse. Il pourrait se retourner d'un coup et les prendre sur le fait. Mais non. Basta. Il a besoin de se reposer un peu. Désormais il l'éprouve toujours, Mimì, ce besoin de se reposer. Sur le seuil, il décide qu'avant de partir il a besoin d'autre chose. Il veut regarder une dernière fois la gamine brune, qui se dirige déjà vers la sortie avec les autres. « Noemi », il l'appelle. Elle se tourne. Ils se tournent tous, mais Mimì ne s'intéresse qu'à ses yeux à elle. Et Mimì le voit, il le voit : dans les yeux de Noemi il y a une peur, une peur très belle. Mimì lui sourit, de son plus beau sourire. Face à ce sourire, Noemi frissonne – il le sent, Mimì, il le sent, ce frisson, comme une onde merveilleuse qui secoue sa poitrine, il le sent. Et Noemi crie, un cri sans raison pour les autres : mais pour Mimì il y a une raison. Et en criant elle éclate en sanglots, Noemi la brune. Un pleur qui déchire l'air silencieux de ce salon. Et Noemi la brune, dans ce cri, se tourne vers la blonde : elle la frappe au visage, une gifle, puis une autre, et encore une autre. Puis Carmine et Vincenzo, souriants et satisfaits de cette violence inattendue, les séparent.

Mimì ne veut plus regarder. Il se tourne, ouvre la porte et s'en va. Il a besoin de réfléchir, Mimì. Il a compris. Il a vraiment compris ce qu'il voulait comprendre. Mais il doit réfléchir, maintenant. Il longe le couloir et va vers la chambre de Michele. Du salon on entend encore crier Noemi, la brune. Mimì sourit, dans le couloir sombre.

4

NICOLE

« Nicole, tu sais c'que c'est la Sacra ? »

Ma mère lâche ces mots en remplissant mon assiette de pâtes aux pousses de navet. J'aime les pâtes aux pousses de navet, et elle, maman, m'en fait chaque fois que je suis un peu triste. Elle ne me dit pas qu'elle les prépare pour cette raison, ses pâtes aux pousses de navet, non, évidemment. Mais moi, je le sais. Et moi, aujourd'hui, je suis un peu triste. Perturbée, disons : et c'est un *euphémisme* – pour reprendre ce très joli mot que j'ai appris l'autre jour, en lisant un livre qu'elle m'a offert : *euphémisme*. Pour faire un *euphémisme*, aujourd'hui je suis un peu perturbée.

Mettons de côté la merde dans laquelle je me suis fichue avec le gars de Milan, voilà, mettons ça de côté – quelle crétine : sortir avec un Milanais, rencontré sur la plage l'été dernier, quelle idiote, mamma mia, quelle idiote. Mais voilà, mettons ça de côté, parce que là, ça me semble être la chose la moins importante du monde. Au lycée, ce matin, un silence, une tension (*euphémisme*), pire que pendant les interrogations de latin. Au point que, c'était après la récréation je crois, j'ai regardé ma voisine, Noemi, et je lui ai demandé « Eh, mais qu'est-ce qui s'passe ? C'est quoi ce silence, c'te tension… ? T'as remarqué ? » Elle a regardé autour d'elle, et elle a soupiré « Nicole, je pensais que c'était pas à moi de t'en parler, mais on est meilleures amies toi et moi, non ? » Et moi, j'ai vraiment les boules (*euphémisme*) quand j'entends ce genre de trucs, je lui ai dit « Oui, Noemi, meilleures amies, oui, mais dis-moi. » Et elle, très sérieuse, en chuchotant « Écoute. Apparemment, l'histoire de Michele Maradona, ça devient grave. » Moi, une espèce de nœud dans la gorge, je lui ai demandé « Dans quel sens ? Comment ça "grave" ? » Alors, d'un coup, elle m'a dit « Allons aux toilettes », et elle s'est levée. Elle s'est levée, sans l'autorisation de la professeure, et s'est dirigée vers la porte de la salle. La professeure, incroyable, vraiment, la professeure de latin n'a rien demandé, au contraire, elle m'a regardée, moi, bien regardée, dans les yeux, avec une espèce de sourire, et elle m'a dit « Va avec Noemi, Nicole. » Et moi, incroyable, je ne savais pas comment réagir. Je me suis levée sans rien dire, je suis sortie.

Qu'est-ce qui se passait bordel ? Une chose qui me serrait la gorge, voilà. Comme si on voulait me pendre, m'étrangler, je ne sais pas.

Puis, dans les toilettes, Noemi me prend par le bras « Nicole, tu sais que Danilo de la seconde B est le cousin de Michele Maradona, non ? Tu le sais ? » Et moi « Euh, oui, et alors ? » Et elle « Eh, alors Danilo a dit à Samantha que le père de Michele Maradona te cherche. » Je suis restée un moment comme ça, immobile, parce que je ne comprenais pas bien toute cette situation. J'ai demandé, à Noemi « Mais comment ça il me cherche ? Pourquoi ? » Et elle « Parce que tu lui as ri au nez. Tout le monde t'a vue, Nicole, l'autre matin. Et qu'ensuite, l'après-midi, Michele Maradona s'est jeté par la fenêtre. Danilo a dit que Michele Maradona, avant de se jeter par la fenêtre, a écrit une lettre dans laquelle on comprend qu'il a fait ça à cause de toi. »

Je ne savais vraiment pas quoi penser. Je riais presque, même. Eh oui, sans le vouloir, je riais presque, quelle situation absurde, franchement. Et en souriant, parce que je riais presque, je lui ai demandé, à Noemi « À cause de moi ? C'est ce qu'ils pensent ? » Et Noemi, sérieuse elle, très sérieuse, comme je ne l'avais jamais vue, Noemi « Oui, Nicole, à cause de toi. Il paraît que Michele Maradona s'est tué à cause de toi. Et son père, Mimì, il te cherche. »

S'il y avait une chose que moi, je ne comprenais vraiment pas, c'était celle-là : pourquoi me cherchait-il, le père de Michele Maradona ? J'ai regardé Noemi, je lui ai demandé « Mais pourquoi ? J'ai rien fait. » Et elle, Noemi, a soupiré, a regardé autour d'elle, a baissé la voix « Mais tu sais qui est Mimì ? Le père de Michele Maradona, j'veux dire. Mimì. Tu sais qui c'est ? » Et moi, en fait, je ne sais pas grand-chose des gens de cette ville, je m'en fiche un peu (*euphémisme*), moi, alors je lui ai dit « Je sais que le père de Michele Maradona c'est le riche. Celui qui a tous les bateaux, les restaurants. Mais je crois que je l'ai jamais vu. »

Et puis Noemi, une chose vraiment incroyable, tout à coup, alors qu'elle me regardait, ses yeux se sont remplis de larmes. Dans les yeux de Noemi une peur, une peur qui m'a fait peur à moi aussi. Noemi, en fait, c'est rare de la voir pleurer, c'est rare de voir une peur comme ça dans les yeux de Noemi. Alors, incroyable, elle m'a dit, les yeux pleins de larmes et de peur, elle m'a dit « Nicole, le père de Michele Maradona c'est le chef de la Sacra. » Et je l'ai vue qui commençait à pleurer, ses larmes noires, très longues, avec son mascara qui coulait, jusqu'aux lèvres.

« Noemi, mais qu'est-ce que t'as ? » je lui ai demandé, inquiète, oui, inquiète désormais, avec un nœud dans la gorge qui m'empêchait presque de parler. « Nicole, c'est grave, tout ça. La Sacra ! Tu t'rends compte ? Tu sais où ils les emmènent ? » Et moi « Mais qui ? Quoi ? » Et elle « Ceux qui font des choses qu'il faut pas, ils les emmènent à l'hôtel. Ou ils leur cassent un bras, dans le meilleur des cas. » Moi, j'avais vraiment l'impression que c'était une espèce de blague pas drôle, bof, incroyable, et avec un rire hystérique j'ai dit « Mais comment ça ils leur cassent un bras ? À l'hôtel ? Mais qu'est-ce que tu racontes, Noemi ? Et elle « Ils leur cassent un bras, oui, ils l'ont fait à un de mes oncles. Ou ils les emmènent à l'hôtel. Et après on ne sait plus rien, en tout cas, ils les emmènent à l'hôtel. » Voilà, elle a dit ça, elle s'est tournée et elle a filé, d'un coup, elle a fait demi-tour, en pleurant, elle a ouvert la porte des toilettes et elle a disparu.

Je suis sortie des toilettes, pas de Noemi. Je suis retournée en cours, Noemi n'était pas là. Et la professeure de latin, quand je suis rentrée, tout sourire, une chose incroyable vraiment. Noemi n'était pas là. Et elle n'est pas revenue en cours. À la fin de l'heure, je suis allée voir la surveillante, Fernanda, et je lui ai demandé « Fernanda, t'aurais pas vu Noemi ? » alors Fernanda « Elle est partie, Noemi. Elle a appelé ses parents, elle se sentait mal » et moi, vraiment, je ne savais pas quoi penser, je ne comprenais pas ce qui se passait.

J'ai réfléchi. Puis j'ai pensé à Danilo, le copain de Samantha et le cousin de Michele Maradona. Alors je suis allée vers la salle de la seconde B.

La cloche sonnait, mais je suis quand même entrée dans la classe. Immobile sur le seuil, j'ai appelé Danilo, qui était là, en train de plaisanter avec ses amis, Danilo, le copain de Samantha. Danilo qui m'avait demandé au moins deux ou trois fois de sortir avec lui, même s'il sait que je suis une amie de Samantha. Ce connard. Je lui ai fait signe de me rejoindre dehors. Dès qu'il m'a vue, Danilo est devenu tout sérieux, tout rouge, et il s'est tourné, il a fait semblant de ne pas me voir. Ses amis me montraient du doigt, ils lui disaient que je l'appelais. Mais lui rien, là, immobile, sérieux, tout rouge, il regardait ailleurs. Petite merde (*euphémisme*). Entre-temps le professeur est arrivé, il m'a touché le dos, il m'a dit « Mademoiselle, rejoignez tout de suite votre classe. » Je me suis tournée, le professeur a vu que c'était moi, et il a changé de tête, le prof : l'air embarrassé, lui aussi, je ne sais pas, une tête sérieuse tout à coup, et rouge.

Je ne sais pas, je ne sais pas ce qui se passe, moi, putain.

Et puis à la maison, triste (*euphémisme*), c'est clair, toute déboussolée (*euphémisme*), je me suis assise à table. Et ma mère, toute souriante, incroyable, ma mère qui ne sourit jamais, toute souriante, elle finissait de remuer ses pâtes aux pousses de navet, elle m'a demandé « Nicole, trésor de ta maman, comment vas-tu ? » Je ne savais franchement pas comment j'allais, moi. Je suis restée muette. Puis ma mère, qui me tournait le dos, en remuant – très lentement – ses pâtes aux pousses de navet, m'a demandé « Tu l'as lu le livre que je t'ai acheté ? » Et moi je l'avais lu, un livre sur mon chanteur préféré, Kurt Cobain. Il m'avait plu même, mais je ne lui réponds pas. Je regarde mon assiette vide, je la regarde, vide, comme si je voulais finir dedans, y plonger, dans ce blanc de mon assiette. Si seulement. Si seulement (*euphémisme*).

Et là elle vient vers moi, ma mère, avec la casserole pleine de pâtes. Et elle me demande, comme ça, d'un ton affectueux que je n'avais pas entendu depuis si longtemps, incroyable, ma mère me demande : « Nicole, tu sais c'que c'est la Sacra ? »

Je la regarde avec des yeux, je sais qu'ils sont féroces : « Maman, c'est quoi c'te Sacra ? » Je sais que je tremble, un peu, ma voix tremble, quand je lui pose cette question. Et ma mère pose la casserole sur la table, elle s'assied en face de moi. Son visage se plisse comme jamais je ne l'avais vu depuis que papa était parti vivre seul. Mais pire, pire : cette façon de se plisser est pire. Elle met ses mains sur ses yeux. Elle commence à pleurer. Elle aussi, la voilà qui pleure, comme Noemi.

« Nicole, trésor de ta maman », entre ses mains et ses larmes.

« Maman, mais qu'est-ce que t'as ? » J'hésite à me lever et à aller vers elle. Ces choses-là, affectueuses, je veux dire, avec le corps, ces choses, entre elle et moi, jamais, je veux dire. Pourtant quelque chose tremble en moi. Le nœud dans ma gorge s'est propagé dans tout mon corps. Une espèce d'infection qui me paralyse. C'est ça qu'on ressent quand on a vraiment peur, je pense.

Et je voudrais un peu de ma maman, maintenant. Incroyable. Dans cette peur que je ne comprends pas. Ma maman, un peu. Je voudrais.

Je me lève et vais vers elle. Je mets une main sur son dos. Elle, assise là, pose son visage sur mon ventre et pleure, sanglote. Elle mouille mon tee-shirt. Elle pleure d'une façon que je n'aurais jamais imaginée, ma mère, incroyable, cette façon de pleurer, ma mère, incroyable.

Puis elle se calme un peu. Elle lève les yeux vers moi. Elle me dit : « Nicole, tu dois partir. Ils vont venir te chercher. » Et moi, qui vraiment, ne comprends pas : soit personne ne m'explique clairement ce qui se passe soit je suis stupide (*euphémisme*). Je ne sais pas. Je lui demande, en criant : « Maman, mais quoi ? Qui ? Vous allez me dire ce qui s'passe ? »

Ma mère se lève de sa chaise. Devant l'évier elle commence à laver les couverts. Elle les lave avec des gestes de folle, de névrotique, dans un bruit assourdissant de couverts qui s'entrechoquent.

Sa voix est redevenue celle de toujours. Avec le bruit des couverts elle est même plus dure que d'habitude : « Mange tes pâtes et file. File chez ton père. Il saura mieux que moi ce qu'il faut faire. Dépêche-toi. » Elle continue à heurter les couverts les uns contre les autres. Le bruit assourdissant.

Et vraiment je ne comprends pas.

« Maman, mais qui va venir ? Qui va venir me chercher ? » Et elle, en fermant le robinet, sans se retourner, d'une voix plate et basse : « La Sacra. »

Et moi je hurle, maintenant, je hurle de toutes mes forces : « Mais c'est quoi c'te foutue Sacra ? Vous allez me le dire ? » D'un coup elle se tourne, une grimace de terreur, vraiment, sur son visage, une peur jamais vue dans les yeux de ma mère. Et d'un pas rapide elle vient vers moi, en disant les dents serrées : « Chut ! Chut ! » et en couvrant ma bouche, comme quand petite je me mettais à pleurer la nuit – elle me pinçait les lèvres avec deux doigts, et une douleur, une douleur (*euphémisme*), elle craignait que je réveille mon père, mais mon père était ivre, il ne se réveillerait pas, elle le savait aussi, mais voilà.

« File, file, ma chérie », me dit-elle, en pressant sa paume sur mes lèvres, d'une façon que vraiment je ne comprends pas, ce geste, qui a toujours été un geste de colère, de douleur. Et là, au contraire, elle fait ce geste, mais en même temps elle me regarde avec un amour.

Un amour que moi, vraiment, je ne comprends pas. Un amour (*euphémisme*).

Je la regarde, dans tout cet amour que je ne comprends pas. Et je pars.

5

ARIANNA

Se terrer.

Une bête blessée trop fort, aurait-elle écrit dans son journal, si elle avait continué à tenir un journal. Après la mort de tante Adele elle a cessé d'écrire. Cela n'avait plus de sens. Plus personne ne voudrait perdre son temps à lire ses histoires – personne ne comprendrait. Même pas Veli.

Se terrer. Dans un lit défait depuis elle ne sait combien de jours, mettre la cassette de *Nevermind*, écouter *Polly* pour la énième fois, revenir en arrière, la réécouter encore, répéter le geste. Encore, et encore, jusqu'à ne même plus se rendre compte de ce qu'elle est en train de faire.

Et pleurer en même temps. La bouche salée de larmes. *Les yeux comme deux pierres tellement humides qu'elles s'effritent et sombrent, lentement, puis se perdent.*

Pleurer.

Fixer la porte de la chambre.

Michele passe devant.

Il lui dit, en ricanant :

« Frangine, t'écoute vraiment de la musique de merde. »

Dévier les yeux vers la fenêtre ouverte. Là, si elle se penche et regarde en bas, il y a encore la trace laissée par Michele.

Combien de temps s'est écoulé depuis que c'est arrivé ?

Pleurer.

Fixer à nouveau la porte.

Sa mère hurle dans la cuisine.

En rogne et fatiguée comme toujours.

« Tu vas te décider à me donner un coup de main pour nettoyer ? »

Sa mère qui, depuis que Michele est mort, erre tel un spectre muet entre le garde-manger et l'évier, vidée de toute possibilité de parole. Elle ne crie pas, ne parle pas, elle fait revenir les herbes pour les spaghettis aux moules, le plat préféré de Michele.

Pleurer.

Finalement, seule, sans doute, je l'ai toujours été, aurait-elle écrit. Sur la couverture de son journal elle avait dessiné le logo des Pearl Jam. Avec ce marqueur noir oublié ensuite dans la voiture de Veli. Elle y pense, en mordillant la petite peau sur son pouce. Et voilà cette idée fixe, *rivée dans sa tête tel un clou qu'on ne peut arracher*. Veli : qui conduit et met une main sur sa jambe, en suivant la voix de Kurt Cobain, « *Let me clip your dirty wings* », puis qui se tourne vers elle, sourit, se gare le long de la mer, le même endroit.

Elle revient en arrière.

Elle pense encore à Michele comme s'il était vivant.

Et elle pense à sa mère comme enfermée dans un mutisme passager dont elle sortira : ne serait-ce que pour lui répéter qu'elle est fatiguée ou pour lui demander de l'aider au moins une fois à cuisiner et à nettoyer.

Veli, enfin, elle pense à lui comme à quelqu'un qui reviendra certainement un jour pour terminer ce qu'ils ont commencé. *Un amour qui a du sens même s'il n'a pas de sens*, avait-elle écrit dans son journal – elle s'en souvient bien. Maintenant elle l'effacerait, parce qu'elle n'en peut plus des choses qui ont du sens même si elles n'ont pas de sens. Comme la mort, par exemple.

Michele passe à nouveau devant sa porte.

Il retourne dans sa chambre.

Il lui fait le signe des cornes.

« Arrête avec Nirvana.

– Lâche-moi, Miché.

– Cobain n'a fait qu'une seule chose de bien dans sa vie :

la dernière !

– Va te faire foutre, Miché. »

Combien de temps s'est écoulé ?

Elle attend. Voilà ce qu'elle fait, là, noyée dans le blanc d'un lit défait. Bête terrée dans sa tanière. Elle attend, et pleure.

Et elle se sent idiote.

Et elle sait que c'est un peu la faute de tante Adele, parce qu'elle aussi était une idiote et elle lui a inculqué certaines manières de voir la vie, toujours à lui répéter que les choses doivent être vécues à échelle humaine et que oui, tout meurt, mais un jour tout peut renaître. Jusqu'au dernier instant de sa vie, même sur son lit de mort, dans ces moments où elles étaient seulement toutes les deux.

Elle n'aurait pas dû s'en aller, tante Adele.

C'est pas vrai, Adele, c'est pas vrai. Rien ne renaît. Les choses mortes ne renaissent pas. Même si tu as volé la phrase à Bruce Springsteen. Ce concept ne fonctionne pas. Ça ne tient pas. Et un sourire lui échappe, comme chaque fois que, dans sa tête, elle parle avec sa tante. Tante Adele ne se serait pas enfermée dans un silence de pierre comme le fait sa mère : elle aurait parlé, crié, montré tout son désespoir.

Mais à quoi servent ces raisonnements ?

Sa mère ne changera pas. Elle restera dans sa cuisine.

Elle essaie, depuis des années, de faire avec, avec cette mère qu'on lui a donnée. *Mais ce n'est pas facile, non*, avait-elle écrit. Et sa tante Adele, en lisant, avait dit qu'elle la comprenait, elle la comprenait très bien.

Et pourtant : maintenant elle la voudrait, cette mère. Elle la voudrait là. *Libres de se recroqueviller dans une étreinte torve sur ce lit défait, en maudissant ensemble la vie*, aurait-elle écrit.

Elle n'aura jamais une mère comme ça : elle n'arrive même pas à se l'imaginer concrètement, une mère comme ça. C'est inutile d'imaginer la voir loin de cet évier, de ces fourneaux, de ces foutues pâtes aux moules.

Polly se termine encore une fois. Elle arrête la cassette mais ne la rembobine pas.

Elle voudrait un noir total et définitif dans sa tête. À l'intérieur. Quelque chose où sombrer.

Elle regarde par la fenêtre.

Elle fait tout pour ne pas penser à la trace de Michele. Elle fait tout pour ne pas se demander quand ils vont la nettoyer correctement. Hier elle a entendu son père vociférer au téléphone, il parlait avec un conseiller municipal ou quelqu'un comme ça. « Fais-moi nettoyer c'te putain de rue », hurlait-il, « sinon je t'ouvre le crâne et je chie dedans, t'as compris ? »

L'énième journée de soleil. Un rayon coupe le lit en deux et la chaleur effleure sa cuisse. Elle reste immobile, attend qu'il rejoigne lentement son entrejambe.

Le bord de mer.

Avant que tout finisse entre l'obscurité des pins et le sang par terre.

Ils auraient fait l'amour si elle n'avait pas su que d'un moment à l'autre son père arriverait pour mettre un terme à tout ça. *Je cherche un amour fait de spasmes humides, de gouttes qui perlent et de dents qui mordent*, avait-elle écrit avant de connaître Veli. Elle l'avait trouvé avec lui, cet amour.

Les yeux fermés, une respiration profonde. Elle glisse lentement une main dans son bas de pyjama. La chaleur du rayon de soleil.

Elle sombre.

Le bord de mer.

Pas ce soir.

Un autre soir.

Eux deux pouvaient encore être eux deux.

Les spasmes humides, les dents qui mordent.

Puis on frappe.

Elle a juste le temps de retirer sa main. La porte s'ouvre et Carmine apparaît sur le seuil.

Tout se recompose : la douleur, la haine, la rage, le dégoût.

« Tu pourrais toquer, malpoli.

– J'ai toqué.

– Ouais, c'est ça.

– Vraiment, j'ai toqué. T'as pas entendu.

– Bien sûr. Qu'est-ce que tu veux ?

– *U Mimì* t'attend, dans la cuisine.

– Qu'est-ce qu'il veut ?

– J'sais pas.

– Tu sais jamais rien, toi. »

Elle repousse les draps, enfile vite ses pantoufles et va vers la porte. Elle voudrait passer devant Carmine en évitant toute parole ou contact : mais elle sait, elle sait très bien, que ce ne sera pas possible. Et en effet, il lui attrape le poignet alors qu'elle s'apprête à sortir de sa chambre.

« Lâche-moi, tu m'fais mal.
– Dis pas d'conneries. J'te serre pas.
– Lâche-moi.
– Tu te touchais ?
– Occupe-toi d'ton cul, gros porc.
– Tu pensais à moi ?
– Lâche-moi.
– Sinon ?
– Mais qu'est-ce que tu m'veux ? »

Carmine renifle et lâche prise. Il émet un ricanement rauque. Il fixe son cou avec deux yeux de fou : « T'y peux rien. *U Mimì* a déjà décidé. T'es à moi. Basta. » Il sourit, en montrant ses dents jaunies et noircies par la cigarette et sans doute d'autres choses. Il renifle à nouveau.

Si elle avait la possibilité de tuer impunément une seule personne, elle n'hésiterait pas.

Mais pas avec un pistolet. Elle le ferait en regardant cette tête de con, ce sourire monstrueux qui s'éteint. Elle serrerait une corde autour de son cou, jusqu'à faire jaillir de leurs orbites ces yeux horribles, ces yeux malades.

Elle n'arrive pas à croire que son père l'ait promise à ce monstre. Elle n'y croit pas.

Un couteau à la main, la tête penchée au-dessus d'un énorme poisson étendu sur le plan de travail en marbre. C'est presque étrange de le voir là. À cette place d'habitude il y a sa mère, occupée à ciseler le céleri, l'oignon, les carottes, l'ail.

Il dit seulement : « Pardon. » Il ne lève pas le regard. Et il enfonce le couteau dans le ventre du poisson.

Évidemment il fait référence à l'autre jour, quand il a dit que désormais il n'avait qu'un enfant : son enfant qui est mort. Mais, à cet instant, il est proprement impossible pour elle d'affronter une conversation de cette teneur. Aussi parce que, elle le sait bien : c'est toujours la même histoire, *la même tentative de cicatriser des blessures trop profondes*, avait-elle écrit des années plus tôt.

« Où est maman ?

– Je lui ai dit d'aller faire les courses. J'avais besoin de te parler, moi.

– Il n'y a rien à dire, papa, vraiment. »

Il fait glisser lentement le couteau de la queue du poisson à la tête. Comme s'il voulait éviter de lui faire mal. Mais finalement le poisson se déchire, et sur le marbre se répand un liquide rouge foncé.

« Je ne voulais pas dire certaines choses. Ces choses. Je ne voulais pas les dire.

– Mais tu les as dites. Et de toute façon je n'ai pas envie de parler, papa, vraiment. »

Il pose le couteau sur le marbre et, d'un geste brusque, il plonge une main dans le ventre du poisson. Il fouille à l'intérieur, en faisant un bruit presque agréable. Le visage concentré comme devant un calcul compliqué.

« Oui, je les ai dites. Mais je ne voulais pas.

– C'est bon. Peu importe.

– Je ne voulais pas, vraiment. »

Il attrape tout dans son poing et tire. Le bruit est affreux, mais libérateur.

Cette poignée d'entrailles arrachées lui semble terrible et très belle. *Si seulement on pouvait faire cela avec l'âme.*

Il lui tourne le dos pour jeter le tout dans la poubelle. Tandis qu'elle regarde sa bosse elle se rend compte que lui non plus, comme sa mère, ne pourra jamais revenir en arrière, avant ce qui s'est passé. Il ne pourrait pas. C'est trop énorme, même pour quelqu'un comme lui. On lui a dit que le jour de l'enterrement il avait tiré sur le cercueil de Michele. Elle n'a pas eu de mal à le croire.

Elle regarde sa bosse et sait que dorénavant la vie de ce père sera une autre vie. Ce ne sera même pas une vie, en réalité ce ne sera qu'une évocation constante de son fils mort. Et dans cette autre vie, il n'y a pas de place pour une fille. C'est clair.

Elle le regarde et voit un vieillard. Un vieillard bossu qui ne sait plus qui il est ou ce qu'il est.

« Papa.

– Dis-moi.

– J'ai tout fait pour être enceinte de Veli. »

Pendant quelques secondes il continue de se frotter les mains penché sur le sac-poubelle. Puis il se redresse un peu – le peu que sa bosse lui permet – et va vers l'évier. Il fait couler l'eau froide sur ses mains.

« C'est pas vrai », dit-il comme si ça ne le regardait pas.

Nous l'aurions appelé comme toi, papa.

« Nous l'aurions appelé comme toi, papa », cette phrase semble arrachée à ses viscères.

Il ferme le robinet. Il examine ses doigts et ses ongles. Il retire son alliance, remarque quelques traces de poisson restées sur l'or. Il l'approche de sa bouche et suce en imitant le bruit d'un baiser. Il remet son anneau et prend un torchon. Tandis qu'il s'essuie lentement les mains, il dit, d'une voix apaisée comme s'il venait de se réveiller : « Tu es toute maigrichonne, ma petite. Tu vas manger un peu de poisson aujourd'hui ? Il est bon, celui-là. C'est du pageot. Tu aimes, si maman te le fait pané, non ? »

Mais elle est déjà partie – elle s'est enfuie, presque, en courant, dans le couloir sombre, vers sa chambre.

Elle ne pleure pas, plus, maintenant – elle n'y arrive pas.

Le soir est tombé, et elle ne s'en est pas rendu compte. Un air frais entre par la fenêtre. Elle ne la ferme pas, elle aime cette fraîcheur qui lui caresse les jambes, elle se sent vivante, présente, dans ces moments où elle a l'impression de tout perdre, jusqu'à elle-même.

La chambre est silencieuse. Et sombre. Elle voudrait juste dormir, ne pas penser, disparaître. Elle s'allonge et pose un bras sur ses yeux. Elle respire profondément, tente d'atteindre un noir définitif, se perdre dedans.

Elle entend des pas qui s'arrêtent près de sa porte. Elle les reconnaît, ce sont les pas traînants de son père. Tellement semblables à ceux de Michele.

La poignée s'abaisse, la porte fermée à clé ne s'ouvre pas. Une quinte de toux.

« Allez, ouvre. »

Mais elle est épuisée. Son père est là pour *essayer de lécher une blessure qu'il m'a infligée*, espérant *paraître ainsi un père rigide mais bon*, avait-elle écrit, elle ne sait plus il y a combien de temps, ni après quelle dispute.

Lui, ce n'est pas son père, plus. Et elle, ce n'est pas sa mère, plus.

Rien ne peut être comme avant si dans la rue devant chez toi il y a la trace laissée par ton fils.

Ou par ton frère.

Elle aussi, désormais, n'est plus elle. Elle ne sait pas ce qu'elle est.

Elle reste allongée, son bras sur ses yeux : « Non, papa. Va-t'en. Vraiment, laisse-moi tranquille. »

Elle l'entend tousser, deux fois. Puis, d'une voix fatiguée mais ferme : « Carmine, à partir de maintenant, tu peux l'oublier. Il t'embêtera plus. »

Elle voudrait répondre qu'elle s'en moque. Que cela ne fait pas de lui un bon père. Que le mal qu'il lui a fait avec certains mots reste et restera. Que désormais il y a un vide dans leurs vies : on ne peut pas le combler, ce vide, car c'est le vide des choses mortes. Et les choses mortes ne renaissent pas. Elles restent mortes. Elle voudrait crier à son père qu'il n'y a pas que Michele qui est mort : ils sont tous morts, dans cette maison. Ils sont morts et ne renaîtront pas.

Ils sont morts, tous. Et ne renaîtront pas.

Mais elle est vivante. Putain. Vivante.

Et elle voudrait le crier, à la face de ce père mort. Puis à la face de cette mère morte.

Elle est vivante. *Mais à quoi bon être vivants si tous les autres sont morts ?*

Cependant il lui inspire une tendresse étrange, ce père. Comme chaque fois. Et ça l'énerve d'éprouver cette tendresse. Comme quand, petite, il lui donnait une gifle si elle ramenait une mauvaise note, et déposait le lendemain sur son lit une nouvelle Barbie. Une tendresse étrange, qu'elle ne voudrait plus éprouver maintenant : mais elle n'y arrive pas, elle n'y arrive pas.

Alors elle ne dit rien de ce qu'elle voudrait dire.

Les pas traînants s'en vont. On n'entend que le silence du couloir sombre.

Elle touche son ventre, tente d'en saisir la peau, mais elle est trop maigre, trop. Alors elle le griffe, son ventre. Elle ne pleure pas. Elle ferme les yeux.

Veli conduit et sourit.
Il l'écoute chanter, faux :

« *I promise you : I have been true.* »

6

MIMÌ

Mimì tousse fort, tandis qu'il pense qu'il n'en peut plus de n'en pouvoir plus. Il pense aussi une chose toute simple : qu'il n'arrive plus à vivre avec c'te sensation de merde. La sensation de se réveiller comme s'il n'y avait pas eu un jour précédent. Et sans aucune notion du jour qu'il est censé vivre. Il se réveille sans même savoir si c'est encore la nuit ou déjà le matin. Avant de tendre le bras pour attraper sa montre sur la table de chevet, il ne sait pas. Parfois il a besoin d'aller à la fenêtre, de regarder dehors, d'étudier la lumière. C'est comme si tout était suspendu, comme s'il était une machine qui soudain s'éteint. Mais qui après se rallume. C'est ça chaque fois qu'il se réveille. Pour Mimì elle est presque devenue familière, c'te sensation de merde. Il tousse, dans son lit. Son dos en sueur mouille le drap.

Il l'a déjà éprouvée, c'te sensation. Cette nuit-là, sur le bateau, en pêchant avec son père. Il était doué, Mimì, pour la pêche, il *entendait* les poissons. Dans la mer, la nuit, un noir à te demander si tes mains existent encore, si tu existes encore : Mimì arrivait à entendre les poissons, dans ce noir. Mais pas cette nuit-là. Il n'entendait rien, aucun poisson. Ils étaient seuls, son père et lui, sur le bateau. Cette nuit-là. Et Mimì se rappelle la frustration de ces moments comme s'il venait de la vivre : la frustration de ne pas arriver à faire plaisir à son père. Ne pas entendre les poissons, pour Mimì, ça voulait dire être inutile. Car à cet âge-là, son unique raison de vivre était de pouvoir être utile à son père.

Mais cette nuit-là son père ne s'est pas énervé, il ne lui a pas fait comprendre qu'il était inutile. Au contraire, il lui a dit : « T'inquiète pas, Mimì. » Il lui a dit ceci, d'une voix qui a surpris Mimì : sans colère, sans mépris. Un demi-sourire même, son père, en attrapant une caisse de bières. Mimì ne se rappelle pas grand-chose, à part cette douce sensation de chaleur dans la poitrine tandis que son père lui ouvrait sa première bière. En souriant. Il ne comprenait pas ces sourires et ces bières. Mais il avait le sentiment d'être un fils, un fils vraiment, Mimì, cette fois, tandis qu'il buvait sa première bière avec son père. Puis la deuxième, puis la troisième. Ils buvaient en silence. Et à partir de là, Mimì se rappelle seulement ce sourire de son père, et les bières bues – beaucoup – dans le noir et le silence. Dans le noir. Le silence des poissons. Quand ensuite il s'est réveillé à l'aube, c'était le chaos dans sa tête. Il a compris qu'il s'était soûlé pour la première fois de sa vie. Il ne se sentait pas bien. Un mauvais goût dans la bouche, la gorge en feu. Son père à côté de lui, qui dormait, sans caleçon. Puis son vomi, il se rappelle son vomi. Et basta.

Il erre dans l'appartement, Mimì. Dans le couloir sombre, avec ces maudits courants d'air froid qui viennent on se demande bien d'où. Il va à la cuisine, sa femme ouvre un poisson, elle le vide avec ses doigts tout en faisant revenir un oignon. Comme toujours, en entrant dans la cuisine, Mimì a un terrible haut-le-cœur. Il s'en va. Il entre dans la salle de bains, s'asperge le visage d'eau glacée, se brosse les dents très fort, jusqu'à faire saigner ses gencives. Il crache le sang dans le lavabo et le regarde s'écouler. Il pleure. Son unique pensée – l'unique, concrète – le gagne : Michele ; le vol ; le cercueil ; son fils. Tout se recompose. Tout. D'autres souvenirs, d'autres choses qui font mal. Tout se recompose, tout ensemble. Il sent tout sur sa bosse, Mimì, tout, comme chaque jour. Un chaos de jours incompréhensible, les choses se chevauchent.

Mais cette nuit il s'est passé une chose.

Cette nuit Mimì a rêvé. Il a rêvé de Michele. Maintenant, à genoux devant le lit de son fils, il repense à ce rêve. Là, agenouillé, les yeux fixés sur le poster derrière le lit de son fils. Il est sûr, sûr comme la mort : ce n'était pas juste un rêve. C'était plus que ça. Il y pense, tandis que ses genoux commencent à lui faire un peu mal, tandis qu'il regarde ce poster. Le poster est noir, avec un dessin et une inscription blanche. Mimì ne comprend pas bien l'inscription, on dirait un truc médiéval. Mimì a l'impression que c'est écrit RATLORD, un truc comme ça. Mimì ne sait pas ce que ça veut dire, « Ratlord », mais le dessin est compréhensible. Le dessin est une espèce de bouc, bien fait, évocateur, inquiétant, un bouc qui semble te regarder. Une fixité, franchement, dans les yeux de ce bouc, ça rappelle à Mimì le Christ qui était dans le salon à côté du cercueil de Michele. Elles se ressemblent, ces fixités, ces pupilles qui semblent te suivre. Les yeux fixes du bouc Ratlord. Les yeux fixes du Christ. Des images, seulement des images, oui, mais Mimì reste là devant agenouillé, devant le bouc Ratlord. Parce que cette nuit Mimì a rêvé.

Il a rêvé de Michele. Et Michele, dans son rêve, était là, dans sa chambre, assis à son bureau. Mimì entrait dans cette chambre, et il était heureux de voir Michele à son bureau. Mimì s'est approché de lui, il lui a caressé la tête et lui a posé une question, comme ça, de but en blanc, en lui caressant la tête il lui a demandé : « Miché, tu aimes les filles toi ? » Michele n'a pas répondu, il s'est mis debout et a regardé Mimì droit dans les yeux. À cet instant un air froid a pénétré par la fenêtre – glacial, de neige. Michele a souri à Mimì : « Papa, je peux entrer là-dedans ? » en montrant le poster du bouc Ratlord. Mimì, dans son rêve, ne savait pas quoi répondre, parce qu'il ne comprenait pas bien : « Mais pourquoi, Miché ? Qu'est-ce que ça veut dire ? » Puis un autre courant d'air glacé, par la fenêtre. Et Michele a dit : « Pour rester toujours ensemble, papa. » Et il s'est approché de Mimì, il lui a donné un baiser sur la bouche. Alors, pour Mimì, tout s'est brouillé – le bureau, la fenêtre, le poster : tout brouillé. Et Michele n'était plus là. Il y avait seulement un vent froid, très fort, qui a détaché le poster du mur et l'a fait tomber sur le lit. Mimì s'est réveillé à cet instant. Il est allé en courant dans la chambre de son fils : le poster s'était vraiment détaché du mur, il était sur le lit. Alors Mimì a pris le poster puis a fixé les yeux du bouc Ratlord. Il ne sait pas combien de temps, Mimì, il est resté devant ces yeux. Il sait juste qu'à la fin il a compris. Et qu'il pleurait de joie en remettant le poster au mur.

Et le voilà, agenouillé, Mimì. Un vent froid pénètre par la fenêtre, effleure sa bosse. Mais Mimì ne fait pas attention au vent : il est là qui fixe à genoux les yeux du bouc Ratlord, et dit : « Pardon, pardon, pardon. » Cent fois, mille fois : « Pardon, *fiju meu*, pardon, pardon. » Un de ces chaos, dans la tête de Mimì.

Et les jours se mélangent, et chaque jour Mimì est retourné dans la chambre de Michele. Chaque jour, dès qu'il pouvait, Mimì allait dans la chambre de Michele. Là, par exemple, il y est à nouveau, Mimì, toujours agenouillé, toujours devant le poster du bouc Ratlord, les mains appuyées sur ses genoux, la tête penchée, le menton sur la poitrine. Il parle en bougeant les lèvres mais sans laisser sortir de son : « Mon père, s'il m'avait connu au moins un p'tit peu, mon père, il aurait compris, ce jour-là, que moi, au stade, j'voulais pas y aller. » Un souffle de vent entre par la fenêtre et effleure sa bosse. Il lève le regard, Mimì, vers le bouc Ratlord. Un souffle de plus en plus froid entre par la fenêtre, remplit la pièce. Mimì baisse à nouveau les yeux. Il observe ses mains – ses veines qui semblent prêtes à éclater, son alliance qui s'enfonce dans sa chair tandis que Mimì serre, serre ses genoux. « Et s'il m'avait connu au moins un p'tit peu, mon père, il m'aurait pas dit d'aller aux toilettes, au stade, ce jour-là. Il me l'aurait pas dit. Il y serait allé avec quelqu'un qui n'était pas moi, dans les toilettes du stade, mon père. Parce que s'il m'avait connu au moins un p'tit peu il aurait pu imaginer que tout ça, tout ça serait arrivé. Tout ce que je suis devenu. La bosse dans mon dos : c'est la vie qu'il a refoulée en moi. Avec des coups violents il l'a refoulée en moi. Et ma vie voulait jaillir au-dehors. Je voulais vivre, moi. Mais non. Mon père a refoulé la vie en moi. Avec violence. Et v'là ma bosse. Et me v'là moi. C'te bête. »

Et les jours se mélangent, et chaque jour Mimì est retourné dans la chambre de Michele. Les mains appuyées sur ses genoux, la tête penchée, le menton sur la poitrine. Il parle sans laisser sortir de son : « Moi, si j'avais connu un p'tit peu mieux Marta, j'aurais compris que c'était pas mon genre. J'aurais compris qu'il fallait pas l'épouser, qu'elle était pas pour moi : qu'elle était stupide, trop. C'était pas une fille simple, c'était pas une personne légère : elle était stupide, seulement stupide, bordel. Si je l'avais connue un p'tit peu mieux j'aurais pu imaginer que ses mains auraient toujours des odeurs de cuisine. J'en ai passé des années à faire semblant. Des années d'énervement sans conséquences, des années sordides. Mais là, basta. » Il regarde le bouc Ratlord. Ses yeux lui brûlent : « Depuis que tu es mort, *fiju meu*, je peux pas penser à autre chose. Seulement au mot "basta", je peux penser. Et basta aussi avec cette connerie de mariage, alors. Y a plus de sens, en rien. Une femme dont je voulais déjà plus, je le savais, après trois jours de mariage. Je savais déjà que je la détestais. Après trois jours de mariage je savais déjà que baiser cette femme qui caressait ma queue avec ses ongles incrustés de sauce, bordel, me serait impossible. Je savais déjà que j'aurais jamais une famille comme il faut, Miché. Je savais déjà que tout serait une espèce de crèche avec des figurines cassées. C'est ce que je ressens, Miché. Ce que j'ai toujours ressenti. » Il regarde ses mains sur ses genoux. « Quand ta sœur est née elle m'a dit : "Heureusement, c'est une fille. Au moins tu m'la saliras pas." Quand tu es né elle m'a dit : "T'as pas intérêt à en faire une bête comme toi." Elle m'a dit ça. Comme si elle savait quelque chose de moi, comme si elle me connaissait. Comme si ça la dégoûtait, l'argent qui arrive dans cette maison grâce à moi. Grâce à la bête. Mais là, basta. Basta. »

Et les jours se mélangent, et chaque jour Mimì est retourné dans la chambre de Michele. Chaque jour, dès qu'il pouvait, Mimì allait dans la chambre de Michele. Là, par exemple, il y est à nouveau, Mimì, toujours agenouillé, toujours devant le poster du bouc Ratlord, les mains appuyées sur ses genoux, la tête penchée, le menton sur la poitrine. Il parle en bougeant les lèvres mais sans laisser sortir de son : « Je pense que ma tête a explosé. J'arrive plus à comprendre : ce que j'ai fait un jour avant, ce que j'ai fait une minute avant, ce que je fais maintenant. J'ai l'impression de plus être maître de ma tête. Je sais pas. Je sais pas. C'est comme si je voulais mettre de l'ordre, mais le seul moyen que je trouve pour mettre de l'ordre est de tout envoyer promener. Dans la vie, je veux dire, Miché. Dans la vie. Un grand "basta". Les envoyer tous promener. Depuis que tu es mort, vraiment, c'est un carnage ici. Je suis une bête dans un carnage. Je peux pas l'expliquer. Mais là, basta. Basta. » Un souffle de vent entre par la fenêtre et effleure sa bosse. Il lève le regard, Mimì, vers le bouc Ratlord. Le souffle froid remplit la pièce. Il grandit, jusqu'à devenir vent. Un vent fort qui détache le poster du bouc Ratlord, et le fait tomber sur le lit. Mimì regarde le poster. Les yeux du bouc Ratlord, là, si proches.

Et Mimì est sûr, sûr comme la mort : le bouc Ratlord a parlé.

Mimì reste là les yeux écarquillés, les lèvres tremblantes. Le bouc Ratlord a parlé, maintenant, en tombant sur le lit, il a dit quelque chose. Mimì en est sûr, il a entendu. La voix de Michele.

Il a dit : « Tue-toi. »

Mimì en est sûr, sûr comme la mort. Son visage est baigné de larmes, tandis qu'il tend une main tremblante vers le poster. Il caresse le bouc Ratlord. Puis il s’approche. Il l’embrasse. Et il murmure, Mimì : « Oui, Miché. Basta. Oui. » Il a envie de sourire, Mimì – un sourire *beau*, enfin, oui. Maintenant oui.

II

Je ne te connais pas : seulement le poignet :
qui est là : blanc : battant : maigre. Je te perds :
papier, humide, tourbillonne dans l'air ;
je ne te suis, jamais, chose à faire :
tu es un autre et des autres, et d'autres et d'un
autre
[et moi : orage qui court mais se tait
(quand et si voix tu te fais)].
Michele Trevi, *Carnet d'adieu : 20 poèmes à la Belle N.*
(poème n° 1)

7

MIMÌ

Les choses défilent à l'extérieur de la voiture et Mimì a la nausée, mais il ne peut pas s'empêcher de regarder, on dirait une sorte de petit théâtre démonté et remonté aussitôt, comme si une personne invisible, d'en haut, attrapait les oliviers noirs pour les mettre plus loin devant, l'un derrière l'autre, tous pareils, et même chose avec les murets en pierres sèches, qui parfois s'interrompent, puis reprennent, tortueux, des canettes coincées dedans ici et là, tous pareils, tout pareil. Quand ils entrent dans le village c'est même pire : à la place des oliviers il y a les maisons, blanches, toutes pareilles, à la place des murets en pierres sèches il y a les voitures garées, souillées de terre rouge, pareilles, les roues boueuses, tout pareil. La radio diffuse une chanson de merde des Matia Bazar. Et Mimì n'a jamais trop aimé Matia Bazar. Avec cette voix, tout aiguë et bizarre. Il dit à Carmine de lui enlever cette voix qui lui fait penser à une putain d'oie qu'on égorge. Carmine éteint la radio sans rien dire. Mimì le regarde. Il ne voulait pas qu'il éteigne, il lui a dit de changer, pas d'éteindre. Carmine, en regardant toujours devant lui, dit que de toute façon ils sont arrivés maintenant. Il se range aux abords d'une maison.

Une maison blanche, une maison comme toutes les autres maisons de la rue, comme toutes les maisons du village même. Sauf que celle-ci a des volets rouges, les autres maisons ont toutes des volets verts. Mimì la regarde bien, la maison. Il ne traîne pas trop dans ces coins-là, lui. Ces villages lui fichent un cafard, une angoisse. Mimì pense, combien de fois Marta lui a dit d'acheter une maison dans les terres, de planter quelques arbres autour, pour vivre là tranquilles. Mais lui non, non, s'imaginer, lui, dans une maison comme celle qui est là devant ses yeux, une maison comme ça, rectangulaire, lui, là-dedans, une maison sans étage, avec sa femme, ses enfants, une maison semblable à toutes les autres maisons de toutes les autres rues de tous les autres villages de l'intérieur, non, Mimì pense, il y a pensé pendant des années, Mimì, non, impossible. Parce que bon, il est trois heures de l'après-midi, et pas une voiture qui circule. Eux, avec le bruit du moteur, ils ont dû réveiller toute la rue. Réveiller, oui, réveiller vraiment. Parce que bon, à cette heure, ils dorment tous ici. Parce que ceux qui sont chez eux à cette heure, ici, sont soit des paysans retraités, soit des femmes de paysan qui attendent le retour de leur mari. Et à cette heure ils dorment tous. Ça fiche un cafard, une angoisse, pense Mimì.

Là, maintenant, dans cette maison, il y a deux femmes. Une adulte, et celle qui a tué son fils. Dans cette maison. Ils sont garés devant. Mimì voit une ombre passer rapidement derrière un volet rouge à demi baissé. Il appelle Vincenzo qui dort sur la banquette arrière. Il lui dit de se préparer. Puis il regarde Carmine, Carmine regarde encore droit devant. Mimì sait que ces moments, Carmine les vit mal, très mal. C'est un gamin, encore, il est encore agité. Et il y a aussi que depuis deux mois Mimì lui a interdit de sniffer avant de faire des choses importantes. Carmine, avant, était détendu, toujours détaché, parce qu'il sniffait. Et il allait partout, tu pouvais lui demander n'importe quoi, avant, il sniffait et faisait tout. Mais Mimì ne supportait pas ça, il l'a menacé, il lui a collé son revolver sur la gorge il y a deux mois. Parce qu'avec cette merde de cocaïne il claque des millions. Il y a deux mois Mimì lui a dit que s'il voulait sniffer il ne pouvait le faire que deux soirs par semaine, et jamais, jamais, jamais avant quelque chose d'important. Parce que Mimì le veut lucide, Carmine. Parce que celui qui n'est pas lucide n'est rien, selon Mimì. Et celui qui n'est rien, alors, c'est clair, Mimì pense, celui qui n'est rien il n'en a pas besoin. Et Carmine avait compris, il sniffait moins depuis deux mois, jamais avant les choses importantes. Et lui, Mimì, il le voyait, enfin, son Carmine, tendu, le regard tendu, et c'est comme ça qu'il l'aimait, qu'il le voulait, tendu, comme maintenant. Maintenant qu'il demande, les yeux sur la rue, qu'est-ce qu'on fait. Mimì lui dit qu'ils vont y aller, de se calmer, qu'ils vont y aller.

Avant qu'ils sortent de la voiture, cependant, la porte de la maison s'ouvre. Une femme apparaît, jette un coup d'œil à droite et à gauche, s'approche de la vitre de Mimì, frappe. La vitre est teintée, la femme ne sait pas qui est derrière : Mimì pense que cette femme a du courage, de frapper à une vitre teintée, lui ne le ferait sans doute pas. Il se tourne vers Carmine, qui maintenant regarde la femme. La mâchoire serrée, Carmine, prêt à faire tout ce que lui dira Mimì. Mimì regarde derrière, Vincenzo lui avoue avec les yeux qu'il ne sait pas quoi faire, qu'il s'attendait pas à voir la dame rappliquer comme ça.

Mimì regarde la femme. La femme regarde le noir de la vitre en essayant de lorgner à l'intérieur. Elle a des rides, mais elle n'est pas vieille. Sans maquillage, un tee-shirt vert, une jupe marron, longue jusqu'aux genoux. Elle garde les bras croisés, elle se protège. Elle a de gros seins, ses bras sont croisés sous ses seins. Elle a des formes, bien faites. Mimì regarde ses yeux, bruns, de ce brun brillant qu'il n'aime pas trop, il les aime bleus lui, les yeux. Bleus comme ceux de Marta, comme ceux d'Arianna. Ceux de Michele étaient foncés, par contre. Foncés comme les siens. Mais ils étaient beaux quand même, les yeux de Michele. Mimì se rend compte qu'il pense à des choses auxquelles vraiment, à cet instant, il vaut mieux ne pas penser, à ces choses. Il vaut mieux ne pas y penser. Il faut être lucides. Si on n'est pas lucides on n'est rien. Il se frotte les yeux, sa blessure au visage ne lui fait plus très mal. Il respire.

Il tousse, Mimì, en baissant sa vitre.

La dame le regarde. Une tension, dans ses yeux. Une tension que Mimì connaît, oui – mais pas tout à fait. Bon d'accord, il la voit toujours, il l'a toujours vue, cette tension. C'est la peur, d'accord. Elle lui est familière, cette peur, mais là il ne la reconnaît pas bien. C'est que dans les yeux de cette femme, il voit une chose différente. Il ne sait pas bien ce que c'est, cette chose différente qu'il voit. Et cette femme parle, vite, en le regardant dans les yeux, un regard ferme, vraiment, ferme. Avec courage. C'est que oui, elle a peur, la dame, Mimì le sait, mais elle a du courage. Avec ses yeux, qui ressemblent à ceux d'une bête, d'un animal, féroce, tandis qu'elle parle, la dame dit qu'elle les attendait, mais qu'ils ont mal compris, que sa fille a rien fait, rien, et qu'elle peut pas le croire qu'ils veulent s'en prendre à une pauvre fille, une gamine, elle dit qu'elle peut seulement imaginer le malheur, la douleur d'une famille face à ce qui est arrivé, mais que sa fille, vraiment, sa fille a rien fait, elle y arrive pas, non, elle arrive pas à croire que eux, vraiment, qu'ils veulent faire du mal à sa fille. Et Mimì l'écoute, parce qu'il veut comprendre, Mimì, comprendre comment on le voit maintenant, maintenant qu'il n'est pas juste quelqu'un qu'il faut craindre : maintenant il est aussi quelqu'un qui souffre, qui a été frappé par la douleur, par un malheur. Il veut comprendre, Mimì. Et il écoute cette femme. Et il comprend que depuis qu'il est aussi quelqu'un qui souffre, lui, Mimì, il fait encore plus peur. Il le comprend, et il sourit, Mimì. Il sourit à la dame, puis il se tourne vers Carmine, il s'approche de son oreille, il lui dit d'aller chez le père de la gamine, que la gamine est pas là, qu'elle se cache sûrement, et que sûrement elle va passer ou est passée là-bas, chez son père. Puis il se tourne vers Vincenzo, lui fait signe de le suivre, et ouvre la portière. La dame s'éloigne, fait deux pas en arrière. Elle a peur, la dame. Mimì garde son sourire, en sortant de la voiture. Il lui tend la main. La dame regarde sa bosse. Mimì fait semblant de rien, comme toujours. Il serre la main faible de la dame. Il serre fort. Il dit que c'est un plaisir, qu'il s'appelle Domenico Trevi, et que lui, là, c'est Vincenzo, un parent proche. La dame tend faiblement la main, un peu surprise, ce sourire et cette gentillesse, elle s'y attendait pas. Mais dans ses yeux la peur reste – elle grandit peut-être même, la peur dans ses yeux. Et Mimì sent que ses yeux ricochent sur sa bosse. Pendant ce temps Carmine redémarre, il s'en va, il prend de la vitesse. La dame regarde la voiture l'air alarmé, elle demande à Mimì où va la voiture. Mimì étire son sourire, il dit qu'ils ont un tas d'choses à faire, eux, ces jours-ci, elle peut pas imaginer – même si, il ajoute, non, elle peut pas imaginer, non. Et il sourit encore, en montrant la maison il demande s'ils peuvent entrer. La dame regarde autour d'elle, la rue déserte. Puis le visage nerveux et dur de Vincenzo. Puis encore à droite et à gauche. Mimì lui dit à voix basse que c'est mieux s'ils vont à l'intérieur, qu'il arrivera rien, et que si une chose devait arriver elle était déjà arrivée, que c'est mieux s'ils vont à l'intérieur tous ensemble, dans la maison, pour parler, juste pour parler. La dame lâche un « d'accord » tremblant, baisse les yeux, se tourne, marche devant, et ils entrent.

Les relents de cuisine, Mimì s'y attendait. Chaque fois qu'ils entrent dans une de ces maisons il y a toujours la même puanteur, la même. Les gens de ces villages mangent des choses ramassées dans la campagne, et pour donner un sens à ces choses ils doivent les assaisonner beaucoup, beaucoup, beaucoup. Huile, ail, poireau, oignon, vinaigre, des litres d'huile. Mimì a la nausée, comme toujours quand il entre dans une de ces maisons. Il s'assied sans demander la permission, dans cette cuisine toute blanche en bois peint. Un scandale, pense Mimì, une horreur, tout ce bois peint en blanc. Et cette cuisine aussi est d'une propreté excessive, comme toutes les cuisines de ces maisons. Mimì en a vu plein, toutes récurées et puantes. Cependant Mimì a ce problème que quand il sent ces odeurs, c'est plus fort que lui. Il perd tout son entrain, toute son envie de jouer les gentlemen, de se comporter avec classe. Et là non plus, il n'a pas envie. Il s'assied et, sans tourner autour du pot ni rien, il demande à la dame où elle est la gamine, parce qu'elle peut pas imaginer, elle, mais eux, ils ont tellement d'choses à faire ces jours-ci, et ils doivent parler avec cette gamine. Enfin, précise-t-il : lui, c'est lui qui doit lui parler. Et c'est inutile de rester là à expliquer qu'ils veulent pas lui faire de mal, à la gamine. Mais lui, avec la gamine, il doit comprendre certaines choses qu'elle, la dame, elle peut pas imaginer, non, le malheur, la douleur, elle peut pas imaginer. Parce que lui, il a perdu un fils. Et il peut pas rester là avec son malheur sans savoir pourquoi, sans savoir pour quelle raison il l'a perdu, ce fils. Et la dame, agrippée à l'évier les mains derrière le dos, la dame s'énerve maintenant, elle l'interrompt, hausse le ton. Elle dit qu'il doit pas se moquer d'elle, parce qu'elle sait comment ils fonctionnent, tout le monde sait comment ils fonctionnent, dit-elle, en criant. Alors Vincenzo s'approche d'elle, et il la fait taire d'un coup, avec cette gueule qu'il a, Vincenzo. Il lui dit qu'il sait qu'là avec ses cris elle veut alerter les voisins, mais que si elle crie encore il fracasse toute sa maison, il en fait des allumettes, de sa maison, si elle crie encore. Alors la dame le regarde, elle a juste peur, fini le courage, maintenant, juste peur. Et elle s'assied à la table, en face de Mimì. Et elle le regarde, Mimì, avec ses yeux sans courage. Elle lui parle à voix basse, elle lui dit qu'elle a peur pour sa p'tite, parce que bon, il doit la comprendre, bon enfin, tout le monde sait qui il est, qu'il est pas seulement Domenico Trevi, il est Mimì, tout le monde le sait, elle le sait, et elle a peur que lui, Mimì, se venge. Tout le monde le dit, et elle les attendait. Tout le monde dit que là Mimì veut se venger, qu'apparemment le fils de Mimì est mort à cause de sa p'tite, mais c'est pas vrai, c'est pas vrai, elle peut le jurer, sa p'tite a rien fait. Pendant ce temps Vincenzo quitte la pièce. La dame le suit du regard, elle lui dit qu'elle est pas là, elle est pas dans la maison, sa p'tite. La dame regarde Mimì, elle lui dit qu'elle est pas là, sa p'tite. Elle sait pas où elle est, peut-être chez son père. Mimì se frotte les yeux, fatigué, très fatigué. Il veut fuir cette puanteur. Il lui dit qu'il le sait, il sait que sa p'tite est chez son père. Voilà qu'elle pleure la dame. Entre les sanglots elle lui demande ce qu'ils veulent alors, là, ce qu'ils lui veulent. Mimì se lève, en tournant le dos à la dame, il va ouvrir l'unique fenêtre de la cuisine. C'est une grande fenêtre. Agacé, il demande à la dame pourquoi elle l'ouvre pas. La dame derrière lui ne répond pas. Elle pleure. Lui reste à la fenêtre. La vue sur la campagne est belle, apaisante, les arbres et la terre rouge lui rappellent la maison de quand il était petit. Il reste là, Mimì, il respire cet air. Et il entend la dame qui tente de se déplacer derrière lui sans faire de bruit. Il l'entend qui se lève, va vers l'évier. Elle veut probablement prendre un couteau, quelque chose de ce genre, tenter de le tuer. Il entend tout, Mimì, il entend toujours tout. Comme quand petit, en mer la nuit sur le bateau de son père, il entendait les poissons remuer dans la mer noire. Il les entendait. Et sans lui son père pêchait que dalle. Et il entend aussi Vincenzo qui revient dans la cuisine, il l'entend qui se jette en deux pas rapides sur la femme, lui couvre la bouche, lui casse le bras avec ce bruit que Mimì connaît, un bruit familier, mais qui lui fait si mal maintenant, ce bruit, à Mimì, une douleur, ce bruit derrière lui, Michele, qui tombe, sept étages, ce bruit, tout le corps de Michele, brisé, ce bruit, Mimì regarde les arbres, il tousse, il se frotte les yeux.

Un coup de klaxon, Mimì et Vincenzo sortent. Carmine est là, ils montent dans la voiture, Carmine repart aussitôt, il dit que c'est l'bordel, il parle comme s'il rapportait les propos d'un autre, il dit que la gamine est dans le coffre, sous sédatif, mais que le père de la gamine, rien, il a dû tirer, parce qu'il avait pris un couteau, et Carmine a dû tirer, il l'a touché au visage, une balle, il est sûrement mort, alors là il ne sait pas, Carmine, il ne sait pas, il demande à Mimì qu'est-ce qu'on fait, Mimì se frotte les yeux, Mimì sait que c'est une de ces situations où il ne peut pas penser, pas le temps, il doit faire les choses le plus vite possible, dans ces situations de merde, vraiment, de merde, Mimì ne pense pas, il dit d'aller chez Veli, de lui laisser la gamine, d'abord ça, tout de suite, en priorité, et Carmine conduit vite, la mâchoire serrée, Mimì lui demande s'il a sniffé, Carmine dit non, Mimì dit qu'il le croit pas, Carmine jure, il jure sur saint Michel, Mimì soupire, il en a rien à foutre, et il pense, il pense que ce couillon croit en un saint sur lequel il jure, et il pense que si Dieu existe, là, il devrait le faire mourir, Carmine, pour ces serments de merde, pense Mimì, Dieu, mais mieux vaut laisser tomber, pense Mimì, cette affaire du père de la gamine ils n'en avaient pas besoin, il blasphème, Mimì, à voix haute, saint Sébastien et les saints Médicis, Mimì, ceux qu'il blasphème toujours, ceux que blasphémait son grand-père, et maintenant il doit penser, Mimì, il blasphème encore une fois, et en même temps il pense, il demande à Carmine où il a mis le corps du père de la gamine, Carmine dit que rien, il l'a laissé là-bas, Mimì entend Vincenzo jurer, crier contre Carmine, Mimì se frotte les yeux, il a une quinte de toux, et il pense, Mimì, il pense que basta, voilà, basta.

Ils arrivent. Chez Veli, là, Mimì ne veut pas entrer, qu'ils emmènent la gamine à l'intérieur, lui, il reste dans la voiture, ou non, Carmine reste avec lui, la gamine, Vincenzo peut l'emmener seul. Vincenzo sort vite de la voiture, il récupère la gamine dans le coffre, il la tient dans ses bras comme une mariée, et il part, alors Mimì ouvre la boîte à gants, prend son téléphone, l'allume, compose le numéro de chez lui, Carmine a une respiration lourde, par le nez, la respiration de Carmine, la mâchoire serrée, Carmine, il respire uniquement par le nez, Marta répond après une sonnerie, elle a une voix fatiguée, très fatiguée, Mimì lui dit que Carmine a foutu l'bordel, qu'il a tiré sur le père de la gamine, que là ils sont tous dans la merde, parce que Carmine a même pas caché l'corps, il est encore là-bas, l'corps, et Mimì dit à Marta que là elle doit y aller, avec les autres femmes, elle doit les appeler toutes, pour nettoyer, tout de suite, Marta dit d'accord, et elle raccroche.

Mimì se frotte les yeux, il a une sensation de brûlure dans l'estomac et comme un haut-le-cœur, il ferme les yeux, il tousse, il défait sa ceinture et essaie de respirer lentement, Carmine commence à parler, avec cette voix que Mimì déteste, cette voix, il commence à parler, Carmine, sur un ton qui lui retourne le ventre, à Mimì, rien qu'à l'entendre ce ton, tout traînant mais là aussi tout plaintif, Carmine dit, avec ce ton, il dit que non, allez, il pouvait pas faire autrement, il dit, c'te p'tite merde avait un couteau, il était obligé d'tirer, Mimì dit que c'est bon, les yeux encore fermés, c'est bon, mais Carmine continue, et Mimì ferme les yeux plus fort, il met une main sur son front, l'autre sur son ventre, il sent le vomi, il le sent qui arrive, et il imagine, Mimì, les images défilent dans sa tête, c'est comme s'il avait déjà fait ça, Mimì, dans sa tête et dans ses yeux, il sort de la voiture, il se met à genoux, le jet de vomi est puissant, des éclaboussures sur son visage, de la poussière sur son visage, il tousse fort, Mimì imagine, il imagine, dans sa tête et dans ses yeux, qu'il se relève doucement, que Carmine s'approche de lui, que Vincenzo revient, et il imagine que Carmine et Vincenzo, alarmés, lui demandent ce qu'il y a, ce qui s'est passé, ce qu'il a, Mimì frotte son pantalon, il sort de sa poche un mouchoir en tissu, il essuie ses lèvres et son visage, il imagine, dans sa tête et dans ses yeux, Mimì imagine qu'il dit à Vincenzo de retourner dans la voiture, de prendre le volant, et il imagine qu'ensuite il dit à Carmine de s'agenouiller, et que Carmine le regarde, demande pourquoi, Mimì lui montre la flaque de vomi, il lui dit qu'il veut qu'il se mette à genoux et la lèche, le visage de Carmine se froisse, non, allez, il pouvait pas faire autrement, c'te p'tite merde avait un couteau, il était obligé d'tirer, Mimì dit que c'est bon, c'est bon, mais que maintenant il doit s'agenouiller, que lui, Carmine, il devrait l'savoir, lui justement, il sait qu'il a fait une erreur, et qu'avec Mimì, il devrait l'savoir Carmine, il sait qu'avec Mimì, si tu fais une erreur ça s'arrête pas là, qu'avec Mimì si tu fais une erreur tu paies, Carmine dit que oui, mais qu'il a pas fait d'erreur, il pouvait pas faire autrement, et maintenant Mimì se sent fatigué, et nerveux, alors il respire, et cesse d'imaginer.

Mimì rouvre les yeux, ça va mieux, un peu, un peu mieux, il sent que son pantalon serre encore trop sa taille, il retire sa ceinture, respire à fond, s'abandonne sur le siège, Carmine, assis dans la voiture à côté de lui, il regarde la route, il parle encore, la maudite voix traînante, les pauses régulières, il parle encore, il s'excuse, il énumère les bonnes choses qu'il a faites au fil des années, parce qu'enfin il lui a toujours été fidèle, non ? Il lui a toujours évité les problèmes, non ? Il répète ce non interrogatif, cette voix, ce ton, il s'arrête, il recommence à parler, Mimì est attendri, il se tourne vers lui, il pense Mais regarde-moi ce *caneminchia*, tout lui revient, il le regarde, ce *caneminchia* de Carmine, et cette tête, cette tête qui va bientôt pleurer on dirait, ça l'attendrit à un point, on dirait lui, cette fois où son père l'a emmené au stade, après il avait une fièvre terrible, et son père est venu dans sa chambre, et lui, Mimì, il avait une tête comme celle de Carmine, il en est sûr que sa tête ce soir-là était comme celle de Carmine maintenant, et il a demandé pardon à son père, lui, Mimì, ce soir-là, il a demandé pardon, pardon si je suis tombé malade, pardon si je suis même pas capable d'aller voir un match de foot, et son père, les yeux en colère, lui a dit que c'était bon, que c'était bon si Mimì avait compris qu'il valait rien, que ça c'était une bonne chose, une chose importante, et ensuite son père est parti et l'a laissé là, Mimì, la tête et le cœur contents, il avait compris Mimì, et là il regarde Carmine, Mimì, et il pense, il pense que Carmine ne dit pas qu'il est même pas capable d'aller chercher une gamine sans foutre le bordel, Carmine ne comprend pas qu'il ne vaut rien, Carmine, il ne le comprendra jamais, jamais, et il le regarde, Mimì, il regarde Carmine, et ça l'attendrit, puis Mimì se frotte les yeux, il soupire, déroule la ceinture qu'il a dans les mains, d'un geste rapide il la passe autour du cou de Carmine, qui le remarque à peine, Carmine, et il serre, Mimì, il serre fort la ceinture autour du cou de Carmine, il serre, Mimì, il serre en fermant les yeux, parce que lui, Mimì, il ne regarde pas les gens qui meurent pendant qu'ils meurent, il faut laisser les gens seuls pendant qu'ils meurent, il ne faut pas les regarder en face. Il ferme les yeux, Mimì, et serre fort, il sent les mains de Carmine qui serrent fort ses poignets, mais Mimì serre, serre fort, et les mains de Carmine serrent de moins en moins, de moins en moins jusqu'à ne plus serrer ses poignets, Mimì continue à serrer le cou de Carmine, fort, Carmine ne bouge plus, Mimì garde les yeux fermés encore un peu, il continue à serrer fort, encore un peu, Mimì, puis il rouvre les yeux, le silence autour, dans sa tête, Mimì, dans sa tête, une chanson de merde des Matia Bazar, dans sa tête, Mimì, un mot, un, le mot « basta », dans sa tête, Mimì, qui rouvre les yeux.

8

VELI

Un vacarme me réveille. Vincenzo est déjà entré. Il porte un corps dans ses bras – des cheveux longs se balancent. C'est sûrement la fille dont parlait Carmine.

Il vient vite vers la table, dépose le corps dessus, avec une délicatesse sommaire, sans éviter un bruit inquiétant. Le corps est petit, il y tient de la tête aux genoux. Ce n'est pas facile de savoir si c'est une jeune fille ou une enfant. Elle semble morte et, l'espace d'un instant, j'ai peur qu'elle le soit.

Vincenzo sort une enveloppe de sa poche, il la jette sur le matelas : « Mimì dit qu'tu dois lire ça. Elle, par contre », en montrant la jeune fille, « i' t'la confie. Traite-la bien. C'est sa chose, il y tient. Elle est sous calmants là, elle était un peu trop nerveuse. » Il rit, un rire rauque. Il me donne une grosse tape sur l'épaule qui me pousse en avant : « Hou, Veli, crois-moi, fais gaffe, on dirait un ange comme ça mais elle peut te mordre les couilles ! » Il rit à nouveau et tousse fort.

Je me tais.

« Bon », dit-il encore essoufflé en répandant une haleine de café et d'anis. Avant de sortir il crache par terre – je ne suis pas surpris, au contraire, je reste indifférent : je regarde, quelques secondes et sans éprouver le moindre dégoût, la traînée marron et grumeleuse qu'il a laissée sur le sol.

Elle a peut-être entre treize et seize ans. Une robe blanche, estivale, courte. Des sandales terreuses. Des marques sur le cou, les jambes et les bras. Elle semble avoir lutté pour qu'on ne l'attrape pas – et c'est très probablement ce qui s'est passé. Une griffure sur la cuisse gauche est particulièrement longue et profonde. Elle saigne, un filet de sang coule très lentement vers la table – je l'essuie avec mon index, en effleurant sa peau.

La forme de ses yeux est étrange, en amande il me semble. Entre ses cils, un peu de mascara désormais gâché. La peau hâlée et moite de sueur. Les lèvres roses avec quelques restes de rouge. Les cheveux châtains, lisses, qui retombent sur le côté de la table.

Elle est maigre, a une petite poitrine. Sa robe est un peu ample, mais on devine des hanches étroites. Cette maigreur n'aide pas à définir son âge.

Elle me semble très belle.

Je voudrais voir ses yeux.

Je me demande ce qu'ils lui ont donné. Elle ne présente pas de trace de piqûre. Ils ont dû lui faire boire ou respirer quelque chose.

Pour la première fois depuis que je suis ici, je suis vraiment curieux. Je ne me suis jamais intéressé aux histoires des détenus, mais maintenant, en revanche, je voudrais savoir : une enfant, à peine plus, qu'a-t-elle bien pu faire ?

C'est la protégée de ton père. Il veut peut-être en faire sa maîtresse. À moins qu'elle ne le soit déjà.

Mais non, non, allons. Quelqu'un comme lui, pétri de valeurs catholiques. Impossible.

Elle bouge. D'abord peu, puis de plus en plus, jusqu'à sursauter.

Elle me fixe un instant. Puis elle pousse un cri. Je mets une main sur sa bouche. J'aurais dû m'y attendre.

Elle se débat, autant qu'elle peut. De ma main libre je saisis ses poignets et les presse contre sa poitrine. Elle tente de bouger les jambes, mais le sédatif fait encore effet, ses gestes sont lents et désordonnés.

« Chut, tais-toi. »

Elle est trop faible, elle abandonne l'idée de faire d'autres mouvements. Lentement je libère sa bouche. Quelques secondes de silence. Nous nous regardons. Féroce, son regard.

Soudain elle lance : « Connards ! » et elle crache. Mon front est mouillé, la salive coule rapidement sur mon nez. Je remets une main sur sa bouche. J'appuie fort. Elle tente à nouveau de se dégager, pas longtemps. Elle s'arrête. Elle me fixe.

Féroce.

« Écoute », lui dis-je le plus calmement possible, « on t'a amenée ici sous sédatif. Tu es blessée à la jambe. Tu es faible, tu ne dois pas bouger, tu comprends ? Tu ne dois pas bouger. » Puis, en essayant un ton agressif : « Bon, j'enlève ma main, mais tu cries pas et tu craches pas, O.K. ? » J'attends un signe d'acquiescement, mais rien. Alors je répète, plus fort : « O.K. ? » Elle cligne les paupières, elle acquiesce en hochant imperceptiblement la tête.

Je retire ma main de sa bouche.

Elle ne crie pas, ne crache pas.

Elle a des yeux minces et allongés, d'une couleur étrange – ils ne sont pas d'une seule couleur : ce sont des yeux changeants.

D'une voix rauque elle me dit : « Tu me fais mal aux bras. » Je relâche doucement ma prise. Elle frotte tout de suite ses lèvres avec le dos de ses mains, frénétiquement – autant qu'elle peut. Elle veut effacer toute trace de moi. Et elle a raison : je suis sale. Sale.

Elle tente de regarder autour d'elle. Une ombre de peur dans ses yeux. Mais quand elle parle elle veut maintenir un ton fier, dur : « Où suis-je ? Qui es-tu, toi ? »

Cette voix. C'est comme si je me réveillais – d'une torpeur, de *cette* torpeur qui dure depuis quatre-vingt-quatorze jours.

Je veux nettoyer, en quelque sorte, ma saleté. Je veux la toucher sans la salir. « Attends, je vais t'aider à te lever. »

Je prends ses mains et l'aide à s'asseoir. Elle grimace de douleur.

« Mais qu'est-ce que vous avez fait à ma jambe ?
– Rien, une petite coupure, c'est tout.
– Mais comment vous m'avez fait ça ?
– Je ne sais pas, peut-être en te faisant entrer ici, la porte est étroite. Ou alors, je ne sais pas. Je ne sais pas ce qui s'est passé avant. Je n'étais pas là.
– Qui m'a amenée ici ?
– Mimì.
– Mimì ? Vraiment ?
– Enfin, tu es venue ici avec quelqu'un d'autre. Mais Mimì a dit que tu étais à lui, que je devais bien te traiter, en clair. »

Ses cheveux retombent en désordre de chaque côté de son visage, sa robe est sale et chiffonnée. Mais inexplicablement, elle dégage une sensation de propre, de candeur.

Elle est manifestement engourdie et souffrante. « J'ai la tête qui tourne », dit-elle en posant le front sur la paume de sa main – et je sais, je sais qu'à présent tout se mélange en elle, je le vois dans les yeux qu'elle a.

Inquiétude, peur. Terreur.

Tout est dans son regard. Dans les yeux qu'elle a.

« Je vais rester ici combien de temps ? » Son ton est toujours fier, rude – à l'excès : l'excès de qui fait semblant. C'est une sorte de fermeté, qui cependant contient aussi une part de résignation. Elle s'attendait à se réveiller dans un endroit de ce genre. Elle déploie devant moi une sorte d'autorité un peu grotesque, dans ce corps. Une agressivité qui est une couverture trop courte pour cacher la peur.

Je suis persuadé qu'elle rassemble dans son esprit tous les exemples de femmes avec lesquelles elle a grandi – une grand-mère sévère qui la grondait pour un rien, une mère inflexible qui la menaçait au premier caprice. Elle se compose un masque de femme aguerrie et prête à tout. Mais elle est à peine plus qu'une enfant.

Une enfant.

Les yeux qu'elle a.

« Alors ? Combien de temps vous allez me garder ici ?

– Je ne sais pas. » Je ne la regarde pas, je ne peux pas. Je ne sais pas pourquoi.

« Ils ont décidé de me tuer ?

– Je ne sais pas.

– Tu sais rien, toi ! » lâche-t-elle. Dans les dernières syllabes sa voix tremble, comme perchée sur une arête qui s'effrite doucement – l'arête d'un pleur.

Elle essaie de descendre de la table dans un mouvement brusque. Je mets une main sur son épaule : « Non, non, attends un peu, si tu as la tête qui tourne. » Elle soupire, mais reste assise. Elle regarde encore autour d'elle, rapidement. Puis ses yeux se posent sur moi.

« Et qui es-tu ? » Prête à tout. Féroce.

Je me tais. Incapable de la regarder je prends une grande respiration en fixant le carrelage. Je sens qu'elle me cherche des yeux : « T'es celui qui doit m'tuer ? Ça au moins tu peux m'le dire, non ? »

Comme un crachat, ses paroles. Un autre crachat.

« Non, non.
– Quoi ?
– Je ne suis pas celui qui doit te tuer.
– Alors y a quelqu'un qui doit m'tuer ?
– Non, non.
– Quoi ?
– Je ne sais pas. »

Elle saute de la table, en grommelant un : « Va te faire foutre. » Elle arpente les quelques mètres carrés de ce lieu. Elle inspecte, avec ses yeux, tout.

Elle semble complètement libérée de l'effet du sédatif. Surtout elle semble ne rien craindre de moi. Elle observe, c'est tout. Avec les yeux qu'elle a, féroces.

« Quel endroit de merde. C'est chez toi ?

– Plus ou moins.

– Attends, tu vis vraiment ici ? »

Quelle question, bon sang, quelle question, si je vis ici ? « Je reste ici, moi. Je reste ici.

– Je savais que, quand ils te kidnappent, ils t'emmènent à l'hôtel.

– S'ils t'avaient emmenée dans un hôtel tu pourrais être inquiète. Ils emmènent les gens à l'hôtel pour les tuer.

– Ils y font les… comment ça s'appelle ? Les exécutions ? Dans les hôtels, je veux dire. Ils font les exécutions ?

– Eh oui, c'est exact. Ici, par contre, ils amènent les gens qui ont fait des choses graves, mais pas trop.

– Ils tuent personne ici ? »

Il y a des taches de sang incrustées dans le carrelage. Et elle les regarde. Elles remontent à quand Vincenzo a tabassé un type qui voulait aller parler à la police. Il ne l'a pas tué. Mais ça a saigné.

« Là, par terre, ce sont des taches de sang, je le sais. »

Je ne dis rien.

« Dis-moi s'ils tuent des gens ici aussi. »

Puis-je affirmer que personne ne sera jamais tué ici ? Puis-je le dire avec certitude ? Puis-je la tromper ? Dois-je la tromper ?

Je ne sais pas.

« Je ne sais pas. »

Elle se tourne vers moi d'un bond et c'est comme si elle voulait me mordre au visage : « Mais comment ça "je ne sais pas" putain ? Tu ne sais pas si on tue des gens chez toi ? »

Je soupire profondément. Je n'arrive pas à soutenir ce regard-là. Mes yeux se réfugient sur mon coin de carrelage préféré. « Je ne sais pas s'ils veulent te tuer, je ne sais pas ce que tu as fait. » Je ne sais rien, moi. Rien. « Je ne sais rien, moi. »

Je la regarde un instant. Ses yeux féroces un peu plus doux.

De la pitié.

Elle a déjà compris : je ne peux inspirer que de la pitié, moi. Un crachat, encore.

Elle s'assied sur le lit. À côté, jeté là il y a trois mois, se trouve un livre, un vieux volume que Carmine m'a apporté les premiers jours (« Mimì dit que t'aimes lire »). Elle le prend, le feuillette sans lire. Elle regarde la couverture, puis le laisse sur le matelas. Elle s'accroupit, les coudes sur les genoux, le menton sur ses poings. Une enfant. C'est une enfant.

« En tout cas…

– Quoi ? » m'interrompt-elle immédiatement.

Je veux essayer de l'amadouer. Mais je veux aussi rester dans mon rôle. Mon rôle, ici, c'est ce qui me tient en vie – en vie concrètement : je vis si je fais mon devoir, sinon on me tue.

Je cherche un sujet plus léger : « Ça me fait un peu bizarre quand tu dis des gros mots. »

Elle me regarde en biais, étonnée. Comme si j'avais dit une absurdité. Ce qui est probable. « Moi, ça me fait bizarre que tu me dises ça », réplique-t-elle.

Je reste sur ma ligne : « Tu es une enfant, c'est choquant ces gros mots dans ta bouche. Tu devrais éviter. C'est moi qui décide ici, et j'ai décidé que tu devais éviter de dire des gros mots. »

Elle se lève, regarde sa robe, essaie de la nettoyer en tapant dessus avec ses mains. Elle fait une grimace, contrariée, devant toutes ces taches. Elle est plus intéressée par l'état de sa robe que par mon injonction : « Ça m'échappe, de temps en temps. Les gros mots échappent à tout le monde. Mon père ne se fâche pas si j'en dis un de temps en temps. Et puis personne ne les appelle plus "gros mots". Même pas ma grand-mère.

– Ah oui ?

– Ben oui.

– Alors comment on les appelle, hein ?

– Qu'est-ce que j'en sais moi… sûrement pas "gros mots". »

Elle recommence à inspecter la pièce. Elle touche la table, fait courir son index sur l'énorme ANDREA SUCE. Je suis un peu gêné qu'elle lise une chose pareille. Je n'y peux rien. C'est une enfant, merde, malgré ce qu'elle veut montrer.

Elle passe derrière le rideau. Je la suis, en l'observant d'un côté. Elle s'approche du lavabo, effleure le bord. Puis elle se tourne vers moi, me lance un coup d'œil – féroce, évidemment. « Je dois faire pipi. » Je m'éloigne.

Je l'entends tirer la chasse d'eau. Elle revient vers le lit, ne me regarde pas. Elle montre le livre : « Chez moi j'ai un tas de livres comme ça. » Son ton a changé. Sa voix d'enfant vibre. La peur, peut-être. Ou autre chose : je ne sais rien d'elle, je ne sais pas combien d'inflexions contient sa voix – je ne sais rien, moi.

« Comme ça comment ? je lui demande, plus conciliant.

– De cette marque.

– On dit pas "marque".

– On dit quoi alors ?

– Maison d'édition. Mais c'est pareil, laisse tomber.

– O.K., mais il te plaît ce livre ? enchaîne-t-elle d'un trait.

– Non.

– Et pourquoi tu le lis alors ?

– Parce que j'en ai pas d'autres.

– De quoi il parle ?

– Lis-le toi, et après tu me racontes.
– Mais tu l'as pas lu ?
– Non.
– Alors comment tu peux dire qu'il te plaît pas ?
– Je t'ai dit de le lire toi. Après tu me racontes. »

Elle s'allonge. Je suis presque impressionné : un matelas crasseux, qui me dégoûte encore bien que ce soit l'endroit où je suis contraint de dormir, et pour elle ça semble être un support comme un autre. Elle croise les mains derrière sa nuque, fixe le plafond.

Comme si elle était dans sa chambre.

Je me demande si cette ostentation de tranquillité est une sorte de stratégie, une défense. Ou si vraiment ça ne lui fait rien – d'être prisonnière, de moi. Une telle attitude, ici, je ne l'ai jamais vue chez personne.

Elle regarde le fleuve d'Héraclite. Et je voudrais lui demander si elle le voit, si elle le voit elle aussi le devenir qui est là, noir, sur le plafond.

Je voudrais tout lui demander. Comment elle s'appelle, si elle a un passé, si elle a un futur.

Je m'abandonne sur la chaise, je la regarde.

« T'es pas comme eux », dit-elle d'une voix basse, nouvelle. Presque distante, comme si elle avait eu une révélation soudaine. « T'as pas l'air d'être avec eux.

– Dans quel sens ?

– Eux, ils sont plus… bah. Je sais pas. T'as l'air plus tranquille.

– Tu viens de me rencontrer.

– O.K., je sais pas, tu m'as l'air plus tranquille.

– Ils font un travail. J'en fais un autre.

– Quel travail tu fais, toi ?

– Je reste ici.

– C'est tout ?

– Oui.

– Tu restes toujours ici et c'est tout ?

– Oui.

– Et tu fais quoi ici ?

– Quand ils m'amènent quelqu'un je dois veiller à ce qu'il ne s'échappe pas. C'est une espèce de garage, ici, pour ceux qui ont fait quelque chose. Quelque chose de grave, mais pas trop. »

Elle plisse les paupières. Elle murmure, maintenant : « Et tu ne tues personne, toi ?

– Tu fais une fixation sur ça… non, je ne tue personne, et personne ne veut te tuer, toi.

– Qu'est-ce que t'en sais ?

– Je ne sais rien, ils m'amènent des gens ici et moi, de ces gens, je ne sais jamais rien. Mais ils n'ont pas de raisons de tuer une enfant.

– Je ne suis pas une enfant. »

Elle détache ses yeux du plafond. Elle s'assied. À nouveau son regard féroce. Et une voix de femme, aguerrie et prête à tout : « J'ai fait quelque chose de très grave. »

Je ne la crois pas. Je pense vraiment qu'elle s'efforce de continuer à être ce personnage qu'elle a décidé d'interpréter.

« Ils vont sans doute te laisser là quelques jours, comme ça, pour t'effrayer. Et puis voilà. Ils ne tuent pas les enfants, ou les jeunes, ou ce que tu veux. Ils s'occupent des choses sérieuses, eux. »

Elle reste immobile, avec ce regard : « J'ai fait une chose sérieuse. »

Je me lève, en soupirant. J'ai le front baigné de sueur. J'attrape une bouteille d'eau et en bois la moitié d'une seule gorgée, longue et vorace. Je la lui tends. Elle fait non de la tête. « Je t'en ouvre une autre, lui dis-je, tu dois boire.

– Pas la peine.

– Si. Je sais que ça te dégoûte de boire à la même bouteille que moi.

– C'est que je préfère boire dans des verres.

– On a pas de verres, ici.

– Alors ça ira, même à ta bouteille. Je suis pas difficile, moi.

– Je t'en ouvre une autre.

– Comme tu veux, merde. »

Je dois prendre en mains la situation, je ne peux pas me laisser écraser par sa manière de faire – qui finalement est une manière de jouer : elle joue, en profitant de ma faiblesse qui est sans doute tangible.

Je suis fatigué de tenir ce rôle. Et elle s'en est aperçue tout de suite. Je suis fatigué, et je n'arrive plus à le cacher comme je voudrais, comme je devrais.

Je croise les bras. Je tente un ton brusque : « Bon, si tu veux m'dire ce que t'as fait dis-le, sinon fiche-moi la paix, O.K. ? » Puis, feignant de ne pas me sentir ridicule, avec un accent appuyé : « Et va dormir, allez. »

J'ignore comment, mais cela fonctionne. Son visage s'altère. J'ai fait vibrer en elle, je crois, une sorte de corde familière que ce lieu semblait exclure.

Entre une lumière de soleil couchant. Elle regarde sa montre. « Mais il est trop tôt », dit-elle avec la même voix aiguë, cette fois portée par une cadence enfantine – très belle.

« Ici, c'est l'heure d'aller dormir. » Par chance je suis le seul à percevoir toute la fausseté de la voix que je prends, imitant celle qui, selon moi, devrait être la voix d'un homme – un homme *vrai*.

Dans un des sacs noirs il y a ce que ton père a appelé « la nappe des invités ». Je la déplie sur la table : les prisonniers dorment là-dessus. Elle est rose, souillée de taches diverses.

Je lui montre la nappe. Brusque : « Bonne nuit. »

Elle écarquille les yeux. Probablement l'expression la plus sincère depuis qu'elle s'est réveillée. Elle crie : « Je dois dormir là ? Je dois dormir sur une table ? »

J'acquiesce d'un mouvement décidé de la tête. « Il n'y a pas d'autre endroit. Ceux qui viennent dorment tous là. »

Elle s'affole maintenant. L'arête s'effrite.

« Attends, t'aurais le courage de m'faire dormir sur un morceau de bois ? »

Je dois tenir mon rôle. Il le faut.

Je pose une main sur la table. J'essaie d'être à la fois rassurant et ferme : « Ça fait d'mal à personne. Le dos est un peu raide le matin, mais ça passe, vite. »

Elle s'approche de la table, la tête basse, les larmes qui ruissellent jusqu'aux lèvres.

En faisant les quelques pas qui me séparent de l'interrupteur, je sens en moi comme un effondrement.

Je ne parviens à penser qu'à une chose : cette nuit, peut-être que je me tue.

J'éteins la lumière.

Je l'entends respirer. Je sais qu'elle ne dort pas. Et en effet elle parle bientôt, à voix basse. Ça me semble absurde de l'entendre parler ainsi, comme si c'était un acte de respect envers moi, une précaution pour ne pas me réveiller au cas où je dormirais déjà.

« Au fait…

– Oui », à voix basse moi aussi. Et c'est douloureux : tu m'envahis à nouveau. En un instant je me retrouve face à l'hypothèse de moi bien vivant, dans une vraie vie, une vraie maison, avec des voisins qui dorment et qu'il ne faut pas réveiller. Avec toi.

« Y a quelque chose à manger ?

– On mangera demain. » Ils me ravitaillent peu. Ils exigent que je donne aux détenus le minimum nécessaire, pas plus. Je dois les rationner minutieusement. Ils m'apporteront d'autres provisions dans quatre ou cinq jours seulement, et j'ignore pendant combien de temps nous serons deux.

« Mais là je meurs de faim, moi.

– Sois courageuse », ces mots me viennent spontanément. « Sois courageuse. » Je ne l'avais jamais dit à d'autres. Juste à toi : quand tu ne voulais pas te

présenter à un examen ; quand tu ne voulais pas rentrer chez toi. Et ce soir-là aussi, dans ma voiture, immobiles face à la mer – tu pleurais, tu ne voulais pas me dire pourquoi : « Sois courageuse. »
Silence.

Je l'entends bouger, pour trouver une position pas trop douloureuse.

« Mon père me l'disait toujours.

– Quoi ?

– D'être courageuse.

– Et là il te l'dit plus ?

– Non. Là il est mort. »

Un autre crachat. Non, plus que ça, bien plus que ça. Un coup dans la poitrine.

« Je suis désolé. » Et c'est vrai. Je suis désolé. Aucune enfant ou jeune fille ou femme, aucun enfant ou jeune homme ou homme ne mérite un père mort.

« Aujourd'hui, il est mort. » Et c'est vrai. J'imagine l'arête s'effriter entièrement, maintenant. Un pleur, un cri.

Mais non.

Silence, elle ne semble même pas respirer. Je ne dis rien. Nous restons muets.

Toute la nuit nous restons muets.

9

MIMÌ

Vincenzo est en sueur. Le soleil de la campagne l'aveugle et il n'arrive pas à voir net. Il entend une espèce de pleur. Au bout de quelques secondes il parvient à voir quelque chose. Il voit une scène qu'il ne comprend pas. Il voit Mimì couché par terre. Il voit Carmine assis dans la voiture tout tordu. Mimì est face contre terre, il tremble, il semble convulser. Carmine est immobile en revanche, tout tordu. Vincenzo s'approche : « Eh, Mimì, qu'est-ce qui s'passe putain ? » Il saisit Mimì de force, il le tourne vers lui. Un masque de larmes et de poussière, Mimì. « Qu'est-ce qui s'passe putain ? » demande Vincenzo, qui ne comprend rien. Mimì le regarde et pleure, il ne dit rien, il pleure et c'est tout. Alors Vincenzo regarde dans la voiture. « Carmine », il appelle. Mais Carmine ne parle pas, il ne bouge pas, tout tordu. « Carmine », hurle Vincenzo en lâchant Mimì pour aller vers la voiture. Et dans la voiture il y a Carmine, la bouche, les yeux grands ouverts. Rouges, ses yeux, on dirait qu'ils vont exploser. Et son cou aussi : rouge. Tout rouge, son cou. Il n'arrive même pas à hurler, Vincenzo, il émet une espèce de son rauque : « Carmine ! » et il prend dans ses mains le visage de son fils. Les larmes, Vincenzo. Une espèce de son rauque, Vincenzo : « Carmine ! » et il serre ce visage contre lui, ces yeux rouges. Et il caresse ce cou, Vincenzo. Une espèce de son : « Carmine ! »

Il ne sait pas quoi faire, Vincenzo. Il ne sait pas quoi faire. Il regarde autour de lui. Il jure. Puis il se donne des gifles. Allez, se dit-il. Il crache par terre. Un autre juron. Il essaie de prendre Carmine dans ses bras, mais n'y arrive pas. Alors il le prend sous les aisselles et le traîne à l'extérieur de la voiture. Il le traîne sur une vingtaine de mètres, jusqu'à un endroit où la terre est plus molle. Un endroit que Vincenzo connaît bien. Là-dessous il a mis au moins deux autres personnes. Puis il va derrière la maison, où sont rangés les outils. Il trouve tout comme il l'avait laissé la dernière fois. Cette fois aussi ils avaient tué quelqu'un dans la voiture. Vincenzo répète les mêmes gestes, mais c'est le noir dans sa tête : comme si la vidéocassette de son cerveau était terminée, mais la télévision encore allumée. Un écran noir. Il prend une pelle, quelques torchons, une brosse et un paquet de savon de Marseille. Il retourne près de Carmine et se met à creuser. Il creuse, Vincenzo. Et il ne comprend rien. C'est le noir dans sa tête, un écran. Il creuse. Les pleurs de Mimì au loin. Vincenzo creuse. Dans ce noir, par moments, des visages, des noms. Pippi, le grand-père de Mimì. Don Gabriele, le père de Mimì. Il creuse. Dans sa tête, le noir. Par moments une image de lui et de Mimì gamins, en voiture avec don Gabriele. Il creuse. Puis il s'arrête. Il sait quand s'arrêter, il l'a fait plein de fois. Il va vers Carmine. Un écran noir dans sa tête. Il prend Carmine par les chevilles, il le traîne jusqu'au trou. Il le laisse aller. Un bruit sourd. Un bruit d'os brisé.

Un noir, dans la tête de Vincenzo, un écran, tout noir. Il ne comprend rien. Il remplit le trou, Vincenzo, il remplit le trou. Dans le noir, par moments, des noms, des visages. Mimì et lui, gamins, dans la voiture de don Gabriele. Ils sont là, précisément devant cette maison. Il remplit le trou, Vincenzo, il remplit. Par moments une image, une scène, dans le noir de sa tête. Ils sont là, lui, Mimì, don Gabriele, là devant cette maison, de la maison sort Pippi, le grand-père de Mimì, don Gabriele sort de la voiture et tire sur Pippi, son père, Vincenzo et Mimì sont des gamins, dans la voiture, immobiles, ils attendent, ils tremblent. Vincenzo remplit le trou. Comme cette fois où Mimì et lui remplissaient le trou de Pippi, le grand-père de Mimì. Il remplit le trou, Vincenzo. C'est comme s'il ne voyait pas. Il fait, et voilà. Il remplit le trou. Il remplit le trou. Il fait. Une image lui vient à l'esprit, claire cette fois, du genre scène de film, il est là avec Mimì, ils creusent le trou de Pippi, il fait nuit, Vincenzo lève les yeux, entre les oliviers il voit une ombre, une ombre noire, qui bouge, un instant seulement, comme si elle courait entre les arbres, il la voit, Vincenzo, l'ombre qui court, un instant seulement mais il la voit, il frissonne, Vincenzo, mais il continue à creuser. Puis le trou est rempli, Carmine est recouvert, on ne le voit plus. Vincenzo, tout est noir, il jette la pelle par terre. Il est essoufflé, il lève la tête, devant lui le muret en pierres sèches, les arbres, et une ombre, au milieu des arbres, un instant seulement, Vincenzo la voit, il est essoufflé, il ferme les yeux. Quand il les rouvre l'ombre n'est plus là. Il regarde par terre. Carmine est recouvert, on ne le voit pas.

Il prend la brosse, les chiffons et le savon de Marseille, il va vers la voiture. Le siège où était assis Carmine est souillé de merde et de pisse. Vincenzo, dans sa tête tout est noir, il sait comment faire, il l'a fait plein de fois. Chaque fois que Mimì étrangle quelqu'un c'est lui qui s'occupe de nettoyer. Et il nettoie, Vincenzo, maintenant aussi. Il frotte fort, bien, comme il a toujours fait. Tout est noir, dans sa tête. Et soudain, il a presque fini de nettoyer, sur cet écran noir une espèce d'image fend la tête de Vincenzo. Une espèce d'image de Carmine, petit, il porte le survêtement de la Juve, et il joue au ballon avec d'autres enfants, et à un moment donné il se fait caca dessus, son pantalon blanc devient marron, et tous les enfants se moquent de lui, et Carmine va trouver Vincenzo en pleurant, il lui dit « Papa, s'il te plaît, nettoie-moi », sur l'écran noir de Vincenzo.

Vincenzo s'arrête, il cesse de nettoyer. Il se déshabille, balance ses habits détrempés. Il enlève tout, même son caleçon. Il rejoint Mimì, qui est encore là, face contre terre. Vincenzo le regarde, Mimì. Il le regarde, tandis que dans sa tête il y a Carmine, « Papa, s'il te plaît, nettoie-moi », seulement ça, maintenant, sur l'écran noir de la tête de Vincenzo. Il s'agenouille à côté de Mimì. Il éclate en sanglots.

Étendus là, côte à côte, étendus, dans la terre, la poussière, Mimì et Vincenzo s'étreignent, ils forment une chose étrange, deux vieux qui pleurent, un des deux tout nu, une chose étrange, une chose triste, mais une chose dégoûtante aussi, oui, étrange, triste et dégoûtante, pense Mimì, vraiment dégoûtante, cette chose, cette étreinte, là, eux deux, Vincenzo tout nu, deux vieux étendus, deux vieux qui pleurent par terre, Mimì pense, il se lève d'un bond, regarde Vincenzo qui lui est encore là, étendu dans la poussière, tout nu, tout trempé de sueur, tout souillé, souillé de la merde de son fils, souillé de poussière, tout souillé, Vincenzo, Mimì pense que Vincenzo resterait là toute sa vie, s'il pouvait, Mimì se rend compte, il se rend compte que Vincenzo n'est rien désormais, il est réduit à rien, Vincenzo, un bon dîner, de ces dîners qu'on fait quand on est jeunes, oui, Vincenzo, il est comme un de ces dîners qu'on fait quand on est jeunes avec des amis, où on mange tellement qu'à la fin on vomit, presque tous ensemble, on vomit, après ces dîners, quand on est jeunes, Vincenzo est comme ça, maintenant, il s'en rend compte Mimì, en le regardant, vomissure dans la poussière, tout nu, souillé de poussière, souillé de la merde de son fils.

Et Mimì tousse, il tousse beaucoup, il chancelle tellement il tousse, et il se rend compte d'une autre chose Mimì, que lui aussi, lui, Domenico Trevi en personne, lui aussi, il est un bon dîner, un de ceux qu'on fait jeunes, et que désormais il est un bon dîner vomi, lui aussi, Mimì, en personne, vomi lui aussi, il se sent vomi, Mimì, et va vers la voiture, Mimì, Vincenzo là qui pleure, Vincenzo, il pleure de ce pleur silencieux et rauque, Vincenzo, silencieux et rauque et recroquevillé, Mimì entre dans la voiture, démarre, fait marche arrière, la campagne est vaste, il recule d'une centaine de mètres, Mimì, il ne regarde même pas dans le rétroviseur, il n'y a rien derrière, de la terre rouge c'est tout, il regarde devant, Mimì, il regarde Vincenzo, qui est là immobile, Vincenzo, étendu, tout souillé, qui pleure, silencieux, rauque, recroquevillé, Mimì pense, il pense que Vincenzo de loin ressemble à une pierre, Mimì le regarde, tandis qu'il fait marche arrière, de loin Vincenzo ressemble à une pierre, plus il s'éloigne plus il ressemble à une pierre, puis Mimì s'arrête, il passe la première, roule, vers la pierre, la pierre bouge, regarde la voiture qui arrive, la pierre, et Mimì la percute, au moment où elle bouge, la pierre, Mimì, la pierre, il la percute et roule dessus, puis il freine, Mimì, peu après il freine, il arrête la voiture, il sort, va vers la pierre, qui maintenant n'est plus une pierre, Vincenzo, Mimì le regarde, Vincenzo ressemble à du vomi, ce vomi de quand tu manges trop et bois trop de vin, ce vomi de quand tu es jeune, tu dînes avec tes amis, ces dîners où tu manges et bois tellement qu'à la fin tu vomis, avec tes amis presque tous ensemble, Mimì pense, il se rappelle, ce soir-là, dans le restaurant des parents de Marta, Vincenzo et lui, tout ce qu'ils ont bu, tout ce qu'ils ont mangé, et vomi ensuite, d'abord Vincenzo, puis Mimì, sur le bord de mer, là tous les deux, à vomir, la veille du mariage de Vincenzo, le vomi par terre, sur le bord de mer, Vincenzo est cela maintenant, du vomi, il ressemble au vomi de ce soir-là, tous les deux, sur le bord de mer, Mimì le regarde, Vincenzo est cela maintenant, un dîner entre amis, jeunes, fini ainsi, et Mimì est cela aussi, maintenant, maintenant que Mimì retourne à la voiture, fait marche arrière, roule à nouveau sur le vomi, recule, il est cela aussi, Mimì.

Sa maison était belle, pense Mimì, il pense à la maison de quand il était petit, sa maison à la campagne, cette maison et les arbres derrière, et sous les arbres lui, Mimì, il a tout fait, à l'ombre des arbres derrière la maison de quand il était petit, il a tout fait, Mimì. Maintenant en revanche, maintenant, sa maison, l'appartement de quand il s'est marié, de quand il a eu des enfants, cette maison n'a jamais vraiment été sa maison, ça a toujours été pour lui une de ces maisons où tu vis, mais avec un sentiment d'attente, du genre tu attends quelque chose, comme si tu savais que tôt ou tard, oui, tôt ou tard il faudra partir de cette maison où tu vis, tôt ou tard, et en revanche la maison de quand il était petit, Mimì pense, la maison de quand il était petit, c'est comme s'il n'en était jamais parti, comme si maintenant c'était le moment, maintenant, le moment de retourner dans cette maison de quand il était petit. Mais non, il pense, Mimì, il ne peut pas, non, il ne peut plus maintenant, retourner dans cette maison de quand il était petit, parce que maintenant il y a une autre maison, une maison qui n'est pas aussi belle que celle où il vivait petit, une maison qui n'a pas d'arbres, cette maison, avec sa femme, avec ses enfants, non, plus avec ses enfants, avec sa fille, oui, il n'a qu'une fille, maintenant, Mimì, mais Mimì pense, peut-il encore dire qu'il est père de deux enfants ? Ou doit-il désormais dire qu'il n'est père que d'une fille ? Comment ça marche ? Mimì pense, comment ça marche ? Et en y pensant il tente de se donner une réponse, et il se dit que basta, basta, voilà, le mot qui le hante, qui le hante n'est pas exact, qui le ronge, à l'intérieur, une espèce de cancer, à l'intérieur, le mot « basta », Mimì pense, en conduisant, en conduisant vers cette maison, la maison de sa femme, la maison de ses enfants, de sa fille.

Et elles lui reviennent à l'esprit, à Mimì, toutes, absolument toutes, les paroles de son père, et les paroles de son grand-père Pippi. Elles émergent, toutes ensemble, une espèce de chœur d'église, dissonant cependant, et l'église s'enflamme. Et, tandis qu'il arrête la voiture devant l'immeuble, il se rend compte Mimì, sans surprise, qu'écouter ces paroles lui plaisait. Elles lui reviennent, là, dans sa tête, à Mimì, toutes sans exception, même celles qu'il croyait avoir oubliées. Et c'est une chose étrange : c'est comme si elles avaient toujours toutes été en lui, ces paroles, cette voix pâteuse de son père, cette voix rauque de son grand-père Pippi. Comme s'ils lui avaient dit, en secret, depuis toujours, quoi faire, quoi dire. Elles lui reviennent à l'esprit, à Mimì, un chœur dissonant, une église qui brûle, tandis qu'il pousse la porte entrouverte de l'immeuble où habitent sa femme, ses enfants, sa fille. Tandis qu'il monte les escaliers en courant, Mimì, dans sa tête, il les entend qui reviennent toutes, ces paroles, parce que depuis toujours ils lui ont dit quoi faire, comment le faire, quoi dire, comment le dire. Il est réduit à rien, Mimì, désormais. Rien, désormais, rien, Mimì. Mais ça va. Ça lui plaît.

10

VELI

Je l'ai regardée dormir pendant, peut-être, une heure entière. Sur son visage j'ai retrouvé quelque chose du tien.

Mais je ne m'en souviens même pas, de ton visage.

Je lui mets un masque, à cette enfant : ses yeux deviennent les tiens, ses lèvres les tiennes, sa poitrine.

Elle se réveille avec une grimace. Elle s'assied en gémissant. Les mains dans ses cheveux, les yeux entrouverts. Puis elle abandonne ses bras. Elle ne dit rien, ne me regarde pas. Elle descend de la table et va derrière le rideau. Je l'entends pleurer.

Elle reste là plusieurs minutes. J'essaie de demander : « Tout va bien ? »

Pas de réponse. Je réessaie : « Eh, tout va bien ? Tu te sens mal ?

– Mais t'es débile ? D'après toi je peux aller bien ? » crie-t-elle. La voix brisée par les pleurs.

Elle continue, un certain temps.

J'entends les sanglots faiblir. Elle réapparaît, enrouée : « Ils ont tué mon père. Ils l'ont tué. Je l'ai vu devant moi, comme ça, mort. Et toi tu m'demandes si j'me sens mal ? »

Je ne réponds pas.

Elle me traite comme personne, ici, ne m'avait jamais traité. Ce n'est pas un manque de respect ou de crainte. Non, c'est différent. Ça ressemble à une confiance inconsciente, désespérée. Si naturelle, normale. *Vraie*.

Je tente de glaner des bribes de mon passé et me rends compte que personne ne m'a jamais vraiment fait confiance. Même pas toi. Ce soir-là, dans la voiture, immobiles face à la mer, tu n'avais pas confiance. Tu ne me disais pas la vérité. Tu ne me disais pas que tu avais déjà décidé, que tu étais déjà préparée au fait que toi et moi nous ne pouvions rien être.

D'un autre côté, maintenant je ne sais pas si je te faisais réellement confiance. Je n'ai jamais voulu réfléchir à ce genre de chose. Par contre, c'est sûr, avant toi il n'y avait jamais eu une version plus *vraie* de moi. Et ça suffisait. Ça suffisait, et comment.

« Y a quoi à manger ? »

Je lui montre un des grands sacs noirs qui se détachent, hauts et larges, dans l'angle près de la porte. « Dans le sac, celui du milieu. »

Dégoûtée et exaspérée : « Mais c'est une poubelle, ça.

– Non, je la rassure, celui de droite est une poubelle. Celui du milieu, ce sont nos provisions. »

Elle souffle bruyamment en laissant échapper un peu de salive.

C'est une enfant, une enfant.

Elle s'étire, en ouvrant les bras et en renversant le cou en arrière – sur son buste se dessine, un instant, la silhouette de ses mamelons ; je ferme les yeux comme ébloui.

« T'es vraiment un connard de m'faire dormir là-dessus », dit-elle d'une voix qui s'étire avec ses mouvements.

Elle va vers les sacs. Dans ses quelques pas, malgré les blessures et une nuit éreintante, il y a une ondulation – de femme naissante qui corrige chacun de ses gestes.

Elle regarde dans le sac que je lui ai montré, mais elle doit se pencher complètement, parce qu'à l'intérieur il y a très peu de choses. Juste trois paquets de Würstel et quatre pommes. Elle se relève, me fixe alarmée, je m'y attendais : « Y a qu'ces merdes ? »

Je quitte le lit : « Eh oui, y a qu'ces merdes. » Je plonge un bras dans le sac, j'attrape un paquet de Würstel et une pomme.

Je n'ai pas faim. D'habitude, je sens les parois de mon estomac en flammes, comme si elles étaient en train de fondre. Mais je vais quand même m'asseoir pour manger.

« Et celui de gauche ?

– Quoi ?
– Le sac.
– Rien, ça t'regarde pas.
– Si, ça m'regarde. Pourquoi il est fermé ?
– Non. Touche pas. Viens manger.
– Dis-moi ce qu'il y a là-dedans.
– Viens ici et mange. »

Elle tente de défaire le nœud qui ferme le sac. Je la rejoins, vite. Je saisis ses bras et la tourne vers moi. Elle ne peut pas faire ça : elle ne doit pas fouiller là-dedans. Surtout elle ne doit pas, non, elle ne doit pas penser qu'elle peut faire ce qu'elle veut ici. Tenir mon rôle est le seul moyen que j'ai de rester vivant. Je dois continuer à contrôler les choses ici.

Je la regarde. Féroce à mon tour. Elle se débat. Je serre fort ses bras. Je sens sa peau froide et moite de sueur. Je touche ses os.

Je voudrais ne pas penser à toi, au moins maintenant. Mais je serrais aussi tes bras – quand je t'ai demandé pourquoi, et tu m'as répondu que c'était comme ça, comme ça et basta.

« Laisse-moi.
– Calme-toi. T'es idiote ? Je t'ai dit : pas celui-là.
– Mais dis-moi ce qu'il y a dedans.
– Y a rien.
– Dis-moi ce qu'il y a là-dedans, ou je crie.
– Fais c'que tu veux.
– Je vais crier.

– Crie.

– Quand j'ai crié hier tu as mis ta main sur ma bouche.

– Et alors ?

– Ça veut dire que si je crie on peut m'entendre.

– Non, ça veut dire que si tu cries, ça m'fatigue.

– Alors je vais crier et te fatiguer jusqu'à ce que tu me dises ce qu'il y a là-dedans.

– J'ai plusieurs moyens de te faire arrêter de crier, tu sais.

– Tu crois que tu m'fais peur ? Tu m'fais pas peur. »

Avec une rapidité imprévisible elle me mord le cou. Elle enfonce franchement ses dents, jusqu'à me faire très mal. J'attrape sa tête et l'éloigne. Elle se jette sur le sac, mais je saisis ses épaules et la tourne vers moi. D'une main je serre son cou, de l'autre j'immobilise ses poignets.

Je pourrais l'étrangler, je pourrais lui briser un os. Elle le sait.

Nous nous regardons, je la retiens toujours. Toujours plus fort.

Son visage devient bientôt rouge. Plein de terreur.

Elle pleure.

Je la libère.

Elle reprend son souffle, mais ne s'échappe pas, elle reste devant moi. Elle continue à me regarder. Elle pleure en silence, le visage sans expression, paralysé.

Nous restons un peu silencieux. Ses larmes se mêlent à sa sueur.

« Je peux m'asseoir ? » La voix d'une autre personne. Vidée. Je lui montre la table.

Je recommence moi aussi à respirer normalement. Et je sais que, à partir de maintenant, rien ne sera comme avant. Maintenant je suis avec eux.

« Dans ce sac il y a des médicaments.

– Des médicaments ?

– Et d'autres choses qui peuvent servir.

– Et pourquoi je peux pas regarder ?

– Si tu as besoin de quelque chose, tu me demandes. »

Je ne me serais jamais cru capable de faire ce que j'ai fait. Jamais. C'est une enfant.

J'aurais pu la tuer. Moi. Moi. J'aurais pu la tuer. Elle était là, immobilisée, petite, faible. Cela aurait été très facile. Et c'est à cela que je pensais tandis que je l'étranglais presque : à la facilité – à la beauté de pouvoir décider avec facilité.

La beauté de la force.

Sur mes mains j'ai encore la sensation de serrer ce cou tendre, ces poignets maigres.

Je veux croire que tout est à cause de cette pièce, de cette fatigue.

Mais je ne sais pas. Je ne sais rien, désormais, rien.

« Je dois savoir si je suis en danger ici ou pas.

– Fais ce que je te dis. Et tu peux être tranquille. Il y a peu de règles. Je dors sur le matelas et toi sur la table. Tu ne touches pas aux sacs noirs. À rien même, tu ne touches à rien. Tu peux aller à la salle de bains quand tu veux. On ne mange que deux fois par jour, ils m'apportent peu à manger. Et puis, c'est tout. Tu peux dormir autant que tu veux.

– Et parler ?

– Quoi ?

– Je peux parler autant que je veux, aussi ?

– Avec qui veux-tu parler ?

– Avec toi, bien sûr. Tu crois que je vais parler seule ? »

Je n'arrive pas à croire qu'elle me fasse encore confiance. Je ne comprends pas comment c'est possible.

« Écoute, ce n'est pas une bonne chose que tu parles avec moi », lui dis-je presque souriant, en déchirant le paquet de Würstel.

« Pourquoi ? » Soudain elle se bloque en fixant les Würstel comme si elle avait sous le nez quelque chose d'effrayant. « Je t'en prie non, pas ça », en simulant un haut-le-cœur.

« Qu'est-ce qu'il y a ?

– Ça me dégoûte.

– On n'a que ça. »

Elle avale vite. « Mince, j'ai pas mangé depuis un siècle.

– Quand on a faim tout est bon », dis-je assis sur le lit en essayant de croquer dans ma pomme. Je mâche et, sans pouvoir réagir, j'imagine le morceau de fruit descendre dans mon estomac, se consumer dans les flammes. La pomme se désagrège, liquéfiée, noircie, elle s'accroche à mes parois intérieures, libérant des pépins qui prolifèrent, de plus en plus, par milliers, qui s'amassent en moi jusqu'à ne plus avoir d'espace, jusqu'à me faire exploser.

« C'était pas si dégoûtant », et elle avale le dernier bout de Würstel. « T'as toujours pas répondu par contre. »

J'essaie de détourner ma pensée de la pomme liquéfiée. « À quoi ?

– À ma question de tout à l'heure. Pourquoi c'est pas une bonne chose que je parle avec toi ? »

Une démangeaison soudaine se propage dans mon dos. Ce n'est pas la première fois que ça arrive, et chaque fois c'est insupportable, comme si ça ne pouvait pas s'apaiser. Je crois que c'est à cause du matelas.

En grattant, je fixe mon point préféré sur le carrelage. Dans la faible lumière du petit matin, il a une couleur étrange. Un gris plus clair. Je soupire. « J'ai rien à dire. Je reste là, et j'attends qu'ils viennent te chercher. C'est tout. »

Elle fait glisser son doigt sur le bois crasseux de la table. Semblant dessiner, elle parcourt le ANDREA SUCE. « T'es pas comme eux, j'en suis sûre. »

Est-ce vrai ? Je ne sais pas, moi, comment je suis. Ce que je suis.

« Tout à l'heure j'aurais pu te tuer.

– Mais tu l'as pas fait. T'es pas comme eux.

– Ça se peut. Mais je suis avec eux, de fait. Et donc… » Je frotte mon dos vigoureusement. Mes doigts se couvrent de sang.

« Je veux juste que tu m'empêches de sentir cette peur.
– De quoi tu as peur ?
– De plein de choses.
– Tu as peur de Mimì ?
– Oui. J'ai peur de Mimì. J'ai peur de ce qu'ils peuvent me faire. J'ai peur de rester ici, j'ai peur que des cafards ou d'autres insectes sortent du matelas. »

Et de moi non. Elle n'a pas peur.

« Je peux rien faire, moi.
– Je veux que tu m'empêches d'avoir peur.
– Mais comment ça ? Qu'est-ce que tu dis ?
– Mon papa, quand j'étais petite, pour m'empêcher d'avoir peur la nuit, il se mettait là et on parlait. Il ne savait pas raconter les histoires. Alors on parlait.
– Et de quelles choses veux-tu parler ?
– Il y a des milliards et des milliards de choses.
– J'en ai même pas une à l'esprit, moi.
– Par exemple. Comment tu t'appelles ?
– Ah non, autre chose.
– Mais quoi ? Je t'ai demandé la chose la plus normale du monde ! Comment tu t'appelles ? »

Je ne dois pas faire ça. Je me le suis promis : je ne dois pas créer de liens, ici. Je dois seulement sauver mon rôle.

Elle ne doit pas me demander de l'empêcher d'avoir peur. Elle ne doit pas me demander mon nom. Elle ne doit pas être comme ça. Avec elle ça ne doit pas être différent. Je ne dois pas lui mettre un masque.

Mais je n'y arrive pas. Plus.

Je m'allonge sur le matelas. Je ferme les yeux et abandonne mon bras par-dessus.

Je suis fatigué.

Je laisse aller, sans m'en apercevoir. Je laisse aller.

Fatigué.

« Je m'appelle Emanuele, mais on m'appelle Veli. Mon grand-père aussi s'appelait Emanuele, mais tout le monde l'appelait Veli. C'est pour ça, je pense, qu'aussi loin que je me souvienne on m'appelle Veli. »

Claironnante, joyeuse presque, comme si elle n'attendait pas autre chose depuis qu'elle a ouvert les yeux hier : « Moi, je m'appelle Nicole. »

Je n'avais jamais rencontré ce prénom. Je pense à mes voisins, dans le quartier populaire de mon enfance. Tous avec des prénoms anglais ou sud-américains, inspirés de films ou de séries télévisées. Nicole doit faire partie d'une de ces familles, j'en suis sûr. Et cette certitude me plaît, car en ces enfants et ces mères amoureuses des prénoms étrangers j'ai toujours vu une partie de moi jamais dévoilée : le je-m'en-foutisme, le je fais ce que je veux, tout ce que je veux, même appeler mon fils Kevin ou Topaze.

« C'est un beau prénom. Nicole.

– Le tien aussi est beau.
– Non, le mien, c'est un prénom d'merde. »
Elle éclate de rire.
Rire.
Je garde les yeux fermés parce que sinon, je le sais, je pleurerais : jamais, ici, jamais personne n'avait ri, sans parler des sarcasmes de Carmine et Vincenzo.
Rire. Entendre rire.
« Ah, tu vois ? C'est vraiment un prénom d'merde. Et ça t'fait rire en plus.
– C'est toi qui m'fais rire ! Pas ton prénom », et elle rit, encore plus fort.
« Moi ? Comment ça j'te fais rire ?
– T'es toujours bourru, sombre, mais à la fin tu m'fais rire. Ta façon de dire "un prénom d'merde", ça fait vraiment rire. »
Et elle recommence, de plus belle.

Je rouvre les yeux, renoue avec la lumière. Je la regarde, la lumière.
« Je retourne dormir un peu », dis-je. En espérant qu'elle fasse de même. Je ne dormirai pas, évidemment. Mais j'ai besoin d'une trêve. Une trêve de cette chose étrange que Nicole me fait vivre.

« Tu veux dormir encore ?
– Oui, rendors-toi aussi.
– Je suis réveillée là ! J'ai vraiment pas sommeil.
– Compte les moutons, non ? Je faisais ça, moi.
– Quand ?

– Quoi ?

– Quand est-ce que tu faisais ça ?

– Quand j'arrivais pas à m'endormir. Quand j'étais gamin, quand j'étais petit.

– Et là, tu arrives toujours à t'endormir ?

– Oui, là oui, toujours. Je suis fatigué.

– Tu travailles beaucoup ?

– Non, je travaille pas beaucoup. Je fais rien. Toute la journée. Rien. Mais je suis fatigué. T'imagines pas comme je suis fatigué.

– Tu penses jamais à des choses que tu pourrais faire ? »

J'essaie de repenser à ma vie hors d'ici, quand chaque jour était une chose à faire. Et à la fin je n'ai que des images de toi, quand tu étais ma chose à faire.

À nouveau le bras sur les yeux.

Elle m'appelle : « Veli. Tu dors déjà, Veli ? » Je ne lui réponds pas. Je ne peux pas me le permettre. Ce cœur *vrai*.

Ton père viendra et l'emmènera. Qui sait quelle connerie elle a faite, cette gamine. Sans doute une blague à ton crétin de frère, je crois qu'ils ont à peu près le même âge.

Crétin, enfin, bon, je ne sais pas, je ne l'ai jamais rencontré. Oui, tu l'aimes bien sûr, tu m'en as parlé parfois, tu t'inquiétais parce qu'il était trop en retrait et qu'il n'avait pas d'amis. Mais il reste le fils de ton père. Donc je le hais. Et mon cœur est *vrai*, et il ne peut que haïr ton père, il ne peut que haïr la femme de ton père, mon cœur *vrai*, il ne peut que haïr le fils de ton père. Réussirai-je à te haïr toi aussi ? Je devrais, je sais.

Je devrais.

Je l'entends bouger. Je sais où elle va. Je décide de la laisser faire.

Elle manipule le sac, maladroitement, elle fait du bruit. Elle s'interrompt souvent, elle regarde sûrement vers moi, pour voir si je me réveille. Puis je l'entends fouiller un peu.

Silence.

Je sais qu'elle l'a trouvé et qu'elle l'a dans la main. Je sais qu'à cet instant elle me regarde. Et je sais ce qu'elle pense : Là, je le tue et je m'enfuis.

Je devrais la laisser faire.

Je devrais.

« Bon, t'es contente ? »

Un cri bref et aigu. Le couteau tombe par terre, l'écho du bruit métallique semble ne plus vouloir finir.

Elle respire fort. Un halètement.

« Je t'en prie. Ne me tue pas. S'il te plaît, s'il te plaît. »

J'ouvre les yeux, je me lève. Elle est à genoux, les mains sur le carrelage. Elle pleure. Je ne sais pas si j'ai déjà vu quelqu'un pleurer comme ça. Seulement moi peut-être, le premier soir ici.

Elle pleure et respire à peine. Elle tousse.

Je ramasse le couteau. Je devrais le cacher, maintenant. Le garder avec moi, comme une menace toute prête à brandir contre elle.

Mais je ne le ferai jamais.

C'est inutile de continuer à me mentir : peu importe si elle devait me tuer.

Je fixe un instant la lame. Je me dis que c'est parfaitement légitime d'essayer de tuer qui te retient prisonnier.

Je suis fatigué. Je retourne sur le matelas. Comme pour m'y enterrer.

Elle reste là. Elle pleure.

11

ARIANNA

Elle ressemble à une pierre, sa mère. Un mur, même. *Fait de cette pierre mystérieuse avec laquelle, il y a des centaines d'années, ont été construites les églises et les plus anciennes maisons de la ville*, aurait-elle écrit. Cette pierre qui s'effrite dès qu'on l'effleure. On pourrait les détruire à main nue, ces murs et ces églises.

« Touche. Tu sens comme c'est friable ?
– Oui.
– Pourtant c'est la pierre d'une église.
– C'est vrai. Et elle est debout depuis des siècles.
– Je ressens la même chose chaque fois que tu m'effleures.
– La même chose ?
– J'ai l'impression de te laisser des parties de moi.
– Comment ça ?
– Elles se détachent de moi pour toujours. Elles restent entre
tes mains.
– Que veux-tu dire, Veli ? »

Et elle semble faite de cette pierre, sa mère, là, immobile devant le miroir de sa chambre. Les yeux écarquillés dans la pénombre des persiennes mi-closes depuis des jours. La respiration presque absente, les lèvres serrées. Les bras abandonnés le long des hanches, les poings fermés comme s'ils serraient quelque chose.

Elle l'aime. Et elle voudrait le lui dire. Prendre ses mains, la regarder dans les yeux, ses yeux toujours fuyants. Mais elle sait aussi que ce serait comme quand Michele est mort, quand elle a pris ses mains glacées et tremblantes, a cherché son regard, lui a murmuré dans une oreille : « Je t'aime, maman. » Sa mère est restée muette. Au bout d'un moment elle a dit : « Il n'y a pas de réponse. »

Elle sait que si elle essayait maintenant de lui dire qu'elle l'aime il se passerait la même chose : elle se heurterait à un autre « Il n'y a pas de réponse ».

Cette mère m'est proscrite, aurait-elle écrit. Il n'y a pas de réponse.

Et maintenant elle est là, sa mère. Mais c'est comme si elle n'était pas là. Elle pourrait la toucher et la sentir s'effriter.

Elle est là et n'est plus elle, sa mère.

Elle n'est plus elle.

« M'man, qu'est-ce que tu fais devant ce miroir ? On dirait une folle…

– Ô Jésus-Christ, pardonne-nous. Pardonne-nous tous, ô Jésus-Christ.

– M'man, tu m'inquiètes là… eh, m'man, regarde-moi !

– Quoi ?

– Qu'est-ce que t'as ? Pourquoi tu fais ça ?

– Pour une fois je me regarde dans une glace, pour une fois, bon sang, une fois, si vous me le permettez, je me regarde dans la glace et j'me dis : Marta, regarde-toi, regarde-toi. J'me dis : Mais qu'est-ce qui se passe, Marta ? j'me dis là, pour une fois, en me regardant dans la glace. Ça fait des années, des années que je me suis pas regardée dans une glace, et j'me dis : Qu'est-ce qui se passe, Marta ?

– Qu'est-ce que tu dis, m'man ? Qu'est-ce que tu dis ?

– Fichez-moi la paix.

– Tu m'fais peur, maman, comme ça. Allez, viens.

– Non. Fichez-moi la paix.

– M'man… »

Elle ne la reconnaît pas. Elle ne peut pas s'empêcher de se demander si elle l'a jamais vraiment connue. Et maintenant quelque chose s'est cassé, cassé pour toujours. Quelque chose s'est dissous dans ces yeux écarquillés, sans paupières.

Et elle a peur : de cette mère qui est toute cassée maintenant, qui n'est plus elle maintenant.

« Y a une malédiction, dans ma maison, v'là ce qui se passe. Y a une malédiction. Tout ça en trois, quatre mois. Y a une malédiction, c'est sûr, une malédiction est entrée dans cette maison. Une malédiction, dans ma maison. Une malédiction. Et moi je sais comment c'est arrivé. Je sais, moi, je sais.

– Tout va s'arranger petit à petit, m'man. Il faut du temps, je sais que c'est pas facile, mais petit à petit ça va aller mieux. Tu vas voir, tout va s'arranger.

– Rien va s'arranger, rien.

– Si, je t'assure.

– Pour toi c'est facile. Tout est facile pour toi.

– Non, c'est pas facile, pour moi. Mais il faut qu'on essaie d'aller mieux, m'man.

– Vous êtes pareils toi et lui.

– Qui ?

– Toi et *lu papà tou*. Toujours à dire les mêmes choses.

– Parce qu'on veut que tu ailles mieux. Et parce que ce sont des choses vraies.

– Y a plus de choses vraies. Ça existe plus, les choses vraies.

– Mais qu'est-ce que tu dis, m'man… »

« C'est comme si tu étais l'unique chose vraie de ma vie.

– Tu as tant de choses vraies, et belles, dans ta vie.

– Aucune n'est vraie, et belle, comme toi.

– Tu exagères toujours. Tu as une famille vraie, qui t'aime.

– Ils me semblent tous faux. Toi seul tu es vrai.

– C'est pareil pour moi, tu sais. Tu es mon unique chose vraie.

– Ne me laisse jamais seule au milieu des choses fausses.

– Je ne le ferai pas.

– Promets-le-moi. »

« Et vous pensez qu'y a que vous qu'êtes doués avec les mots, hein ?

– Mais non, m'man, c'est pas vrai.

– Attention, moi aussi je suis douée avec les mots, si j'veux. Parce que je suis allée à l'école, moi, j'ai même fait des études. Et je suis douée avec les mots, si j'veux. Et c'est pas parce que vous me voyez toujours là, à nettoyer les lavabos d'la maison, à cuisiner, que je sais faire que ça, nettoyer les lavabos et cuisiner.

– On sait, m'man, on sait.

– Moi, je nettoie les lavabos d'la maison parce que c'est un truc qui m'obsède, j'veux qu'ils soient propres, mes lavabos. Çui d'la salle de bains, çui d'la cuisine, je les veux tous propres. Mais ça veut pas dire que je suis pas douée avec les mots, non.

– Maman, calme-toi. Dis-moi, allez. Dis-moi ce qu'il y a. »

Elle a peur, parce que sa mère est l'énième chose qu'elle a perdue sans l'avoir jamais eue. L'énième chose vraie qui maintenant ne l'est plus.

Elle sait qu'il n'y a rien à faire. C'est impossible d'arrêter cette voix qui tremble et qui ne veut pas se taire, qui semble vouloir dire des choses qu'elle peut enfin dire.

Cette mère lui fait peur.

« Il était venu chez moi, tout propret avec son air à lui.

– Qui ? Papa ?

– Ben oui. Son air de professeur, qui croit qu'il est le seul à avoir lu tous les livres qu'il a lus. Même si moi, je l'ai jamais vu lire. Une fois d'ailleurs j'lui avais dit : "Mimì, mais toi, qui joues toujours les professeurs, tu les as lus quand tous ces bouquins ?" Oui, j'lui avais dit ça, une fois. Parce qu'il m'avait énervée, parce qu'il avait vraiment un air de professeur. »

Pierre ferme et fatiguée qui pourtant tremble, aurait-elle écrit. Voilà ce qu'elle est, maintenant, cette mère. Et elle ressemble plus que jamais à tante Adele – quand elle était dans son lit en train de mourir, épuisée de vivre, avec une voix qui ne pouvait cesser de trembler. Mais dans les yeux de tante Adele, même à ce moment-là, il y avait quelque chose : de lumineux, de palpitant. Dans les yeux de sa mère, en revanche, on ne voit que le rien, le noir. La profondeur inaccessible d'un mur qui s'effrite.

Cela n'avait jamais été ainsi. Sa mère n'avait jamais été ainsi. Elle n'était pas ainsi, sa mère. Sa mère n'est pas, maintenant, ici.

« J'me souviens de tout. Il a toujours été comme ça.

– Comme ça comment ?

– Tout sérieux, tout propret.

– Eh, papa a la classe. Quand il met sa cravate blanche, par exemple… trop belle… hein, m'man ?

– Il l'a depuis vingt ans c'te cravate. J'me souviens de tout. Il était venu chez moi, tout propret avec son air à lui, de professeur, et il avait c'te cravate que tu dis là.

– Mais quand ?

– La première fois.

– La première fois que vous vous êtes rencontrés ?

– Oui. J'me souviens, ses mots. Tous ses mots, j'me souviens. Ce qu'il me dit. Tout ce qu'il m'a dit. Il croit que non, parce que je fais semblant d'oublier. Mais j'me souviens de tout, moi. Tout ce qu'il dit : je m'en souviens. Même les premiers mots qu'il m'a dits.

– C'est beau, ça, m'man. C'est romantique.

– Non, y a rien de beau. Rien de romantique. On est pas tous comme toi.

– Moi ? Romantique ? T'as tout faux, m'man.

– Tais-toi. Fais pas celle qui comprend pas. Idiote.

– T'as l'air folle, t'as l'air… »

Une folie qui jaillit de ses mots et, telles des gouttes d'acide, blesse à l'intérieur, au centre, en plein cœur, là où on ne peut l'éviter.

Peur. Et frustration. Maintenant que, cette mère, elle ne peut l'éviter.

« On était prêts de l'église de mon village, moi et *lu papà tou*.

– Quel rapport, m'man ?

– Attends.

– T'as envie de raconter des choses ? Ça m'fait plaisir, mais viens. Arrête avec ce miroir, arrête cette comédie, ça n'a pas de sens.

– J'avais les bras chargés de commissions, je rentrais chez ma mère. Il est venu, il m'a dit : "Marta. Très beau prénom. Comme Marta Ajala." Et moi, qui voulais faire la fille un peu, tu sais, un peu désagréable, je lui ai demandé qui était c'te fichue Marta Ajala. Puis j'ai dit aussi que surtout je savais pas qui il était lui et ce qu'il me voulait. Il a répondu : "Marta Ajala est l'héroïne de mon roman préféré de Luca Pirandello." Et moi je voulais faire la fille un peu désagréable, parce que c'est ce que nos mamans nous apprenaient : à être désagréables avec les garçons. Et à toi aussi je t'ai appris ça.

– Oui, c'est vrai, un peu.

– Mais toi, t'as rien voulu apprendre de moi. Rien.

– J'ai appris ce que je devais apprendre, m'man…

– Tais-toi. Alors après je lui ai dit : "J'te conseille de passer ton chemin et d'aller te faire voir." Parce que je voulais faire la fille désagréable, mais en vrai il me plaisait. Son air qu'il prenait, en parlant bien, en parlant de ses livres, ça me plaisait à moi.

– Oui, ça me plaît à moi aussi.

– D'ailleurs, même pas deux jours après, on s'est enfuis. Et ça a fait une histoire, tout l'village en parlait. Normal, parce que j'étais connue, on peut dire.

– Connue ?

– J'étais dans une situation particulière. Sentimentalement. Tu sais bien, toi. Tu sais bien, non ?

– Ah…

– Et *lu papà tou* aussi était connu : c'était quelqu'un d'important pour les gens du village, à cause du travail qu'il faisait. Du coup, quand on s'est enfuis, ça a fait une histoire et tout le monde en parlait.

– Arrête de te regarder comme ça dans la glace. Tu m'fais peur, maman. »

Peur. Frustration. Et colère.

Elle doit s'en aller.

Elle n'en peut plus de faire semblant de parler. *De faire semblant de ne pas vouloir crier.*

« Tout l'village savait que j'avais déjà un enfant. Enfin, je l'avais pas avec moi, mais je l'avais fait, oui. Et tout l'village savait, pour cet enfant. Comme tu le sais bien aussi. Seulement, toi, t'as jamais rien demandé.

– J'ai compris où tu veux en venir, m'man. Et j'ai pas du tout envie d'entendre ces histoires. Arrête de faire la folle là devant, s'il te plaît.

– Ç'a été une sale histoire, tu sais, celle de mon autre enfant.

– Je ne veux plus rien entendre. Arrête, arrête.

– Tout l'village en parlait de cette affaire. Et *lu papà tou* aussi savait, évidemment. Il savait tout, lui : mais bon, il s'en foutait complètement, il me voulait quand même. Il m'a dit : "Je m'en fous complètement. Je suis amoureux d'toi, ma Marta." J'me souviens de ses mots précisément, moi, tous. Alors après, c'est normal : on se sent bien quand on entend des choses comme ça.

Comment on dit ? On craque, voilà. Non ? Tu vois c'que j'veux dire, non ?

– Fiche-moi la paix, maman…

– Tu vois c'que j'veux dire, tu vois bien, toi. Et tu peux comprendre pourquoi j'ai craqué. Ce type arrive, élégant, avec un air de professeur, et il te parle de Luca Pirandello : alors tu craques, forcément. Et lui, *lu papà tou*, il s'en foutait complètement que j'aie déjà un enfant. Tu veux savoir comment j'l'ai eu cet autre enfant ?

– Je veux rien savoir, basta, viens, allez, viens. »

Elle voudrait lui dire qu'elle s'en fout si elle reste là devant le miroir. Elle peut bien se morfondre : mais seule, loin. Basta.

Elle voudrait lui dire qu'elle n'arrive même plus à l'écouter maintenant.

Un fracas, dans sa tête, dans ses oreilles.

« Toi et moi, on ne peut pas. On ne peut plus.
– Si on peut.
– Non. Basta, Veli. Basta.
– On peut, bien sûr.
– Non. Basta.
– Tu penses vraiment ce que tu dis ?
– Oui.
– Dis-moi la vérité.
– Non. »

Quelque chose, dans sa tête. Comme si des milliers de voix hurlaient le même mot.

Dans sa tête.

« Basta. » Toutes ensemble.

Écouter cette mère est un effort qui remplit son cerveau d'un sang malade.

Elle sent ses joues rougir. Ses yeux qui brûlent. Les voix qui hurlent : « Basta. »

« C'est mon premier fiancé qui m'a mise enceinte. Gino, il s'appelait.

– M'man, basta, ça m'intéresse pas, vraiment. Si tu continues j'te jure que je m'en vais.

– Non, tu vas m'écouter encore. Ce fiancé, *lu Ginu*, il trempait dans des affaires pas nettes. Des affaires de drogue. Puis on l'a retrouvé mort, au milieu d'un champ, *lu Ginu*. Une douleur, pour moi, une douleur immense. J'pleurais tous les jours, moi, des journées entières. Tu comprends, hein ?

– M'man…

– Non, tu peux pas comprendre, toi : on t'a pas tué ton fiancé, à toi.

– Basta. Je sors d'ici.

– Si tu bouges j'te casse les jambes.

– Mais tu vas t'calmer ? »

Basta.

« Et finalement, on a jamais bien compris ce qui est arrivé, qui l'a tué. On l'a retrouvé au milieu d'un champ. On lui avait tiré dessus. Va savoir ce qu'il avait fabriqué, *lu Ginu*. Et moi, rien, moi j'étais enceinte, pendant ce temps, pendant qu'on lui tirait dessus. Et rien, on pouvait pas avorter alors. Mes parents m'ont dit, j'm'en souviens comme si c'était hier, ils m'ont dit, maman a dit, j'm'en souviens : "Marta, vis ta vie. T'es encore jeune. T'es une fille intelligente, diplômée, tu peux pas t'enchaîner avec un gosse que t'as même pas voulu. On va s'en occuper du p'tit, nous, à ta place. On va l'élever. On peut le faire, on a le restaurant. Le restaurant marche bien, Dieu merci. Toi, là, tu dois te trouver un bon chrétien et faire un mariage digne de ce nom." Et moi, rien, ce p'tit, je l'ai presque jamais vu. Tu comprends ? Jamais.

– Je comprends vraiment pas pourquoi tu t'acharnes à me raconter ça...

– Et même mes parents : je les ai plus jamais vus, plus jamais, ma maman et mon papa. J'ai renoncé à tout, moi. À tout, même à mes parents, j'ai renoncé.

– Ça t'fait du bien de ressasser cette histoire ? Dis-moi, pour que je sache au moins que t'es pas juste devenue folle.

– La seule folle ici, c'est toi. Tu dois me respecter. Compris ? Espèce d'ingrate.

– Et toi, tu me respectes ? Tu répètes en boucle cette histoire, sans penser que moi aussi peut-être je vais mal.

– Oh, la pauvre, la pauvre chérie... elle va mal ! Et moi alors ? T'as tout foutu en l'air : maintenant tais-toi, parce que t'as pourri la vie de tout le monde, dans cette maison. Toi. Et si j'veux parler je parle, quand j'veux, je parle. Et toi tu te tais.

– Je dois quitter cette maison. Je dois partir.

– Mais qu'est-ce que t'attends ?

– Ah, voilà, enfin tu l'as dit : tu veux que je m'en aille. Parce que le problème de ta vie c'est moi, hein ? Dans tout ce qui t'est arrivé : le problème c'est toujours moi, hein ? T'es pas bien, m'man…

– Bon, tu te tais et tu m'écoutes. »

Elle la regarde, cette mère. Ses veines qui palpitent dans son cou ridé. Ses narines qui se dilatent et se resserrent frénétiquement. Le blanc de ses yeux où infuse le rouge de l'insomnie.

Ce n'est pas vrai que cette femme n'est pas sa mère. Elle doit l'admettre. Et c'est trop, trop pénible, d'admettre que seule cette femme, à présent, est *vraiment* sa mère.

Oui. Toute sa vie elle s'est retranchée dans les silences, le ménage, l'hystérie domestique. Seulement pour contrôler tout ce magma qui maintenant monte, monte. Le voilà, le magma. On l'entend monter, ce magma trouble qui hante sa mère. Et qui maintenant envahit tout, déborde, se propage en elle, au centre, en plein cœur. Elle ne peut l'éviter.

« *Lu papà tou* ensuite, le p'tit n'avait que deux semaines, il m'a emmenée, on a fui dans cet autre village. Parce que *lu papà tou* il s'en foutait complètement, il me voulait et basta. Il disait toujours ça : "Je te veux toi et basta, basta." Mais on pouvait. Nous. Tu comprends ? Être ensemble. On pouvait.

– Je peux te dire une chose, pour la énième fois ? Tout est fini, m'man. Vraiment, tout est fini. Tu m'entends ? Je ne sais pas où il est. Il a disparu. J'te jure. Pourquoi tu continues à te torturer avec cette histoire ?

– Boucle-la. Boucle-la, idiote.

– Basta, m'man…

– Y a une malédiction, dans ma maison. Une malédiction.

– Basta… »

Des milliers de voix, toutes ensemble, toutes le même mot.

Annulée presque, la voix de sa mère.

Des milliers de voix, à sa place.

Dans sa tête.

Le même mot.

« Le souvenir de cette journée, c'est un vrai cauchemar maintenant. Tu sais quelle journée ?

– Non, quelle journée ?

– Soupire pas comme ça. Je t'en colle une, si tu soupires encore comme ça. Ingrate.

– Tu comprends pas que j'en peux plus d'entendre ces histoires ?

– Tu comprends pas que c'est moi qui en peux plus. Moi.

– M'man, écoute…

– Boucle-la. Cette journée. Un vrai cauchemar, maintenant. *Lu papà tou* est venu me voir et il m'a dit : "Marta, voilà ce qui se passe." Et il s'est assis et il a commencé à m'expliquer. Une chose qui me faisait penser, pendant que je l'écoutais, moi, ça me faisait penser à un film. Mais un film d'horreur. Il commence à m'expliquer, avec son air à lui de professeur. Il m'explique que notre Arianna est amoureuse.

– Mais pourquoi ? Tu peux me dire pourquoi tu me parles de ça, là ?

– Et qu'elle est amoureuse d'Emanuele. Emanuele, mon fils. Emanuele a grandi. Arianna l'a rencontré. Et ils sont tombés amoureux. »

« Mais comment ça a pu arriver ?

– Quoi ?

– Parmi toutes ces personnes, moi, toi… c'est dingue.

– C'est arrivé parce que ça devait arriver.

– Mais non. Ces choses-là, j'y crois pas.

– De tous les invités tu étais le seul habillé normalement.

– C'est-à-dire ?

– Sans chaînes, sans clous.

– C'était une fête de métalleux, tu t'attendais à quoi ?

– Oui, mais tu étais différent. Et ça m'a plu.

– Tu m'as remarqué pour ça ?

– Tu étais beau.

– Eh, tu étais belle aussi : mais au milieu de tous ces métalleux, c'était pas difficile d'être beaux.

– Tu ressemblais beaucoup au bassiste de Nirvana, ce soir-là.

– Mince ! Ça, c'est un sacré compliment !

– Il est beau, figure-toi ! Personne fait attention à lui, mais il est beau.

– Moins que Kurt.

– Si tu ressemblais à Kurt tu serais pas sorti avec une fille comme moi.

– Pourquoi pas ?

– Tu aurais des filles bien plus canons, autour de toi.

– T'es la plus canon de toutes.

– Ouais, c'est ça…

– Arianna. Regarde-moi. J'te jure. Je n'ai jamais rien vu d'aussi beau.

– Arrête, je vais pleurer.

– Tu devrais rire ! »

« Tout est fini, m'man, vraiment, tout est fini.

– Notre Arianna. Elle existe plus, notre Arianna.

– Comment ça j'existe plus ? Mais qu'est-ce que tu dis, m'man ?

– Rien n'existe, plus rien, dans cette maison. Les choses vraies n'existent plus, dans cette maison. Rien. Basta.

– Jusqu'à quand tu vas m'faire payer cette histoire ? Jusqu'à ma mort ?

– T'inquiète pas, de toute façon j'vais mourir avant toi. Avec tout le poison que t'as injecté dans mon foie : j'vais crever avant toi, t'inquiète pas.

– Arrête…

– Boucle-la. Boucle-la. Idiote. C'est moi qui paie, pour cette histoire. Seulement moi. Pour toi, oui, c'est du passé, c'est même loin. Parce que les autres ont tout résolu à ta place. *Lu papà tou* a dû se salir les mains. Et moi j'ai dû faire comme si je m'en foutais d'avoir un fils enterré vivant. Et un autre fils enterré mort.

– Si tu t'arrêtes pas, m'man, je sais pas c'que j'vais faire… je vais jurer, là, si tu t'arrêtes pas. Bon Dieu…

– Vas-y, jure, montre-moi. Montre-moi que maintenant tu respectes plus rien, même le bon Dieu. Ça m'surprend pas, tu sais. Le merdier dans lequel tu nous as foutus est pire que tous les jurons du monde. Montre-moi, si t'as l'courage.

– Mais tu vois pas que j'arrive même plus à respirer ? »

« Puis viendra un moment où tu te regarderas dans le miroir.

– Dans quel sens, Adele ?

– Et tu ne verras plus ta mère. »

Elle entendait beaucoup de choses étranges de la bouche de tante Adele, mais celle-ci revient maintenant, celle-ci précisément. Elle a dit ça, de but en blanc, tandis qu'elles regardaient la télévision un après-midi comme tant d'autres, affalées sur le canapé en caressant un des nombreux chats qui envahissaient sa maison.

Elle n'a pas demandé d'explication – elle ne le faisait jamais : tante Adele était comme ça, elle pensait une chose et la disait, sans aucun filtre, souvent sans aucun sens.

Cette fois c'était différent. Sa tante voulait lui faire passer un message, mais elle, dans sa tête, elle n'arrivait pas à l'élucider.

Elle l'élucide maintenant, dans le magma.

Elle comprend tout.

« Alors, je lui ai demandé, à Mimì : “Mais qu'est-ce que c'est que cette histoire ?” J'me souviens, je sentais un truc dans ma gorge, comme si on m'étranglait. J'me souviens, une sensation horrible, horrible. Et lui, rien, tout sérieux, et ça me rendait dingue, il m'a dit : “Je sais pas où ils se sont rencontrés.” Je lui ai demandé : “Mais ils savent, eux ? Ils savent qu'ils sont frère et sœur ?”

– T'étais impatiente de pouvoir vomir tout ça sur moi, hein ?

– Sa réponse m'a fait l'effet d'une balle dans la tête : “Ils savent, mais ils s'en foutent. Notre Arianna m'a dit : ‘C'est pas mon frère, on a pas grandi ensemble.’ Tu t'rends compte, Marta ? Tu t'rends compte ? Des ennemis de notre sang !”

– Vas-y, bravo. Vomis tout sur moi.

– Puis il a tapé fort du poing sur le marbre de la cuisine, j'me souviens. Et il a commencé à tousser, comme il tousse toujours quand il s'énerve. Comme tu tousses, là, toi.

– Basta…

– Et moi, rien : figée, comme dans un film d'horreur. Un truc dans ma gorge, comme si on m'étranglait. Il a mis une main sur ma joue : “Bon, on va régler ça”, il m'a dit. Et il m'a laissée seule, là, dans la cuisine, toute seule, avec ce truc dans ma gorge, comme si j'allais mourir, là, seule, dans la cuisine.

– Tout est fini, m'man, vraiment, tout est fini, j'te jure…

– Boucle-la. Boucle-la. Idiote.
– Basta, m'man… basta. »

Elle regarde dans le miroir. Et elle ne voit plus sa mère.

Elle voit l'intérieur, le caché, le vrai.

C'est terrible. C'est comme ouvrir le cercueil d'un mort frais. Le seuil que nul ne devrait franchir.

Elle voudrait hurler. Ou s'évanouir, sombrer dans le noir. *N'importe quoi, pourvu que je revienne à la vie, la vie que je veux vivre, et qu'eux, au contraire, veulent me soustraire*, aurait-elle écrit.

« Et il est venu me voir. Tout élégant il était, ce jour-là. J'étais réveillée depuis peu – enfin “réveillée”, façon d'parler : je dormais à peine deux heures d'affilée à cette période, parce que j'avais toujours cette espèce de nœud dans la gorge, toujours, la nuit aussi. J'me souviens. Ce jour-là j'étais réveillée depuis peu et je lui préparais son café. Je l'ai entendu arriver derrière moi, dans la cuisine. Il m'a dit : “C'est réglé.” Je me suis même pas retournée. J'me souviens. Ma main s'est mise à trembler, toute seule. Le café a coulé partout. Je lui ai demandé, comme ça, toujours le dos tourné : “Vous l'avez tué ?” Avec cette toux de quand il est agité, la toux que tu as là, il m'a répondu : “Non. On l'a enfermé.” Et moi, j'me souviens, j'étais contente. Au moins ils l'avaient pas tué. Enfermé c'était mieux que tué. J'ai recommencé à nettoyer le café qui avait coulé dans l'évier. Et en nettoyant l'évier je lui ai demandé :

“Combien de temps vous allez le laisser enfermé ?” Il a encore toussé. “Bah, on verra”, il m’a dit, et il est parti. »

C’est terrible : l’intérieur, le caché, le vrai.

« Désolée, m’man… je suis désolée, vraiment désolée…

– Y a une malédiction, dans ma maison. Une malédiction. »

L’intérieur.

« Tu me hais, m’man ?

– Non. Tu m’dégoûtes. »

« Puis viendra un moment où tu te regarderas dans le miroir. »

« Pourquoi ?

– Pourquoi ? Parce que moi, là, tous les jours, tous les jours de ma vie, toutes les choses qui m’arrivent, je me réveille chaque matin, après mes deux heures de sommeil, j’aurais envie de me mettre devant le miroir, de me dire quelques mots qui font du bien : parce que moi, avec les mots, si j’veux, je suis douée. Mais rien, j’vais pas devant le miroir, je mets ma pince dans mes cheveux, je pense, On verra, je pense. Et basta. Et j’avance comme ça, comme ça seulement. Et tout ça à cause de toi. À cause de toi. Tu comprends pourquoi tu m’dégoûtes, hein ? »

Le caché.

« Si Michele était là tu parlerais pas comme ça.
– Quoi ?
– Si Michele était là il me défendrait. Et toi, avec tout ce qui lui est arrivé à Michele, t'es encore là à penser à mon histoire. Au lieu de penser à notre Michele, tu penses à moi, à une chose qui maintenant n'existe plus.
– Idiote. »

Le vrai.

« Si mes parents l'apprenaient ce serait un enfer.
– Ça t'inquiète vraiment ?
– Oui.
– Moi non.
– Ce serait un enfer surtout pour toi.
– Je sais.
– Et ça ne t'inquiète pas, sérieusement ?
– Sérieusement.
– Tu es fou.
– Entre moi et eux tu choisirais de me perdre moi ?
– Je ne sais pas, Veli. »

« Mais putain… ça va pas ! Pourquoi tu me gifles, là ?
– Si tu continues à parler je t'en colle une autre. Je te gifle jusqu'à faire sortir ton âme.
– M'man… »

« T'es le genre de personne qui pense jamais à la mort, pas vrai ?

– Miché, s'il te plaît, commence pas avec tes discours de métalleux. Il fait chaud.

– La mort concerne tout le monde, pas seulement les métalleux. Même s'il fait chaud.

– Mais pourquoi tu te trouves pas une petite amie, Miché ?

– Quel rapport ?

– Pour pas penser à la mort. Pour penser à autre chose, non ?

– J'ai une petite amie.

– Ah oui ? Depuis quand ?

– Quelque temps.

– Merde. Je savais pas.

– T'es surprise ?

– Non, enfin, oui. Je savais pas, voilà.

– Ça te semble étrange que quelqu'un comme moi ait une petite amie ?

– Non ! Mais qu'est-ce que tu dis, Miché ? Bon… comment elle s'appelle ?

– Nicole.

– Joli prénom. Tu me la présentes ?

– On verra.

– Oui, bien sûr, on verra. Quand vous serez prêts.

– Arianna.

– Oui, Miché.

– Pourquoi tu t'enfuis pas ?

– Hein ?

– Toi, t'as rien à faire ici.
– Je comprends pas, Miché. C'est-à-dire ? »

« Tais-toi. Tu dois même pas le nommer, *lu Michele*. Même pas le nommer.

– Pourquoi ?

– Parce que c'est toi qu'as jeté une malédiction, sur ma maison. Toi. C'est à cause de toi tout ce qui est arrivé. Tu comprends ? Tout à cause de toi. T'es une malédiction dans ma maison. Dans ma vie. Toi.

– M'man, tu parles sérieusement ? »

« Et tu ne verras plus ta mère. »

« On m'a enlevé un fils, comme si c'était une illusion, une chose bonne à jeter. Et tu pouvais le protéger : tu pouvais faire en sorte de le protéger, malheureuse. Mon fils. Mais il t'a échappé à toi aussi. Même toi t'en as jamais rien eu à foutre de mon fils. Même toi. Malheureuse. »

Dans le magma.

Elle glisse, elle descend, à l'intérieur. Elle s'y concentre.

La face sur le sol froid. La poitrine qui tressaille.

Les yeux fermés comme s'ils devaient rester toujours fermés.

Les voix dans sa tête.

Le mot.

« Basta…

– Pleure. C'est ça. Pleure, roule-toi par terre, fais c'que tu veux. Pleure, évanouis-toi, meurs, tu peux y aller putain. Tu verseras jamais autant d'larmes que moi j'ai versées. Jamais.

– Basta… »

« T'y penses jamais à la mort, toi ? À comment c'est après, j'veux dire.

– Miché, arrête avec cette mort. Allez, fiche-moi la paix.

– C'est une chose que tout le monde se demande, mais dont personne veut parler.

– Voilà, exactement. Moi non plus je veux pas en parler.

– C'est étrange. C'est un peu comme se demander de quelle couleur est la pluie, non ?

– Je sais pas, Miché. Je pense pas à ces choses-là.

– Tu devrais. On devrait tous, de temps en temps.

– À la vie on devrait penser, Miché. À la vie. Pas à la mort.

– Tu crois à la réincarnation ?

– Mais qu'est-ce que j'en sais ? Allez, vraiment, fiche-moi la paix.

– Je voudrais me réincarner.

– D'accord, super.

– Je viendrais ouvrir d'un coup tes fenêtres, je te flanquerais une trouille bleue.

– Tu serais aussi casse-couilles qu'avant, en fait. »

Les persiennes s'ouvrent. Dans un grincement interminable.

Le noir derrière ses paupières est gagné lentement par la lumière.

Un vent froid, puissant, remplit la pièce.

« Ô Jésus-Christ, pardonne-nous. Pardonne-nous tous, ô Jésus-Christ. »

12

VELI

« Pardon.
– C'est rien. »

Elle démêle ses cheveux avec ses doigts. Les yeux figés dans le vide. Je me demande si mes yeux sont comme ça aussi, depuis que je suis ici. Figés dans le vide.

Je la fixe, conscient que je ne saurai jamais lui dire que ton père veut la tuer.

Dans le sac que m'a apporté Vincenzo il y avait une feuille de cahier pliée en quatre. Ton père y avait écrit, avec sa calligraphie pompeuse : *Je reviens dans un jour ou deux. Traite-la comme tu veux, de toute façon je vais la tuer.*

Je l'ai chiffonnée et l'ai jetée dans les toilettes. Mais, évidemment, ça n'a servi à rien : ces paroles résonnent dans ma tête, comme si je les avais entendues de sa bouche.

Je la fixe, Nicole, et je me demande s'il y a un moyen d'éviter que les choses se passent comme le veut ton père.

Je ne peux pas me répondre. Je ne veux pas, sans doute.

Je la fixe parce qu'elle a une expression qui ressemble à la tienne, cet après-midi de l'été dernier.

Ta tante Adele était morte, tu as accompagné tes parents pour vider son appartement. Tu m'as dit qu'elle n'avait personne, ta tante Adele. Elle n'avait que vous, et vous vous êtes occupés de vendre tous ses biens. Tu riais et tu étais émue, un peu, en me parlant d'elle. Une femme étrange, tu disais, qui restait toujours chez elle avec ses chats. Étrange, trop étrange pour votre famille. Une de ces vieilles dames dont on se moque, qu'on imite quand elles ont le dos tourné. Après sa mort, il ne resterait rien d'elle, à part l'argent de la vente de tout ce qui lui avait appartenu de son vivant. Tandis que vous vidiez son appartement tu as trouvé dans un tiroir une grosse chaîne en or.

Cet après-midi-là tu tournais et retournais la chaîne dans tes mains, les yeux figés dans le vide, exactement comme ceux de Nicole. Puis tu m'as dit que tu étais décidée : tu voulais la vendre. Sans poser de questions, je t'ai accompagnée au Cash Express de la ville. Nous avons découvert que la chaîne avait une grande valeur. Je me rappelle ton large sourire quand nous sommes sortis de la boutique. Tu m'as mis dans la main ce tas de je ne sais plus combien de milliers de lires. « Cet été t'auras pas besoin de travailler comme serveur. Et tu passeras plus de temps avec moi. » J'ai tenté de répliquer, mais tu m'as arrêté tout de suite :

« Tante Adele aurait été d'accord. Une femme comme elle aurait sûrement approuvé une chose étrange comme nous. »

Une chose étrange comme nous.

Ce même après-midi j'ai parlé pour la première fois avec ton père.

Nous nous étions quittés à deux rues de chez toi, comme d'habitude. Mais là, à l'angle, je me suis cassé le nez sur lui. Il souriait de cette manière horrible que j'imiterai bientôt. Il m'a montré une voiture garée et m'a dit d'y entrer une minute, juste le temps d'échanger quelques mots. Il parlait gentiment, en essayant d'éviter le dialecte, en hasardant un italien policé.

Dès que je me suis assis à côté de lui il s'est mis à me regarder d'une manière étrange et inquiétante, s'attardant sur ma bouche et sur mes jambes, en hochant la tête et en répétant que oui, j'étais vraiment un beau gosse. J'ai essayé de rester calme, de ne pas tomber dans son piège : il voulait me mettre mal à l'aise. Je m'étais déjà préparé à cette rencontre et, en effet, je lui ai dit que je savais que tôt ou tard ce moment arriverait. Mais que rien ne pourrait changer les choses entre toi et moi. Pas même ses menaces.

Je lui ai dit que je n'avais pas peur de lui. Que mon unique peur était de te perdre toi, et que j'étais prêt à mourir s'il le fallait. Je voulais lui faire comprendre, en restant cordial, que je ne serais jamais comme tous ceux qui sont à son service : je ne renoncerais pas au bonheur de ma vie pour me plier aux ordres d'un criminel.

Je pensais vraiment certaines choses. Je les pense peut-être encore. Peut-être que je suis vraiment un *caneminchia*. Mais qu'importe à présent.

Il écoutait en silence, les yeux fixés au-delà de la vitre. Par moments il toussait. Alors j'essayais d'insister, en disant que toi et moi on ne faisait rien de mal et que, au contraire, il devait être content de savoir sa fille amoureuse et heureuse. Quand j'ai fini de parler, il s'est tourné vers moi et je me suis rendu compte qu'il était touché, je l'ai lu sur son visage. Il a souri. Mais c'était un autre sourire.

Après quelques interminables minutes de silence il m'a répondu, absorbé et d'une voix qui m'a paru presque faussée. Il a dit qu'il aurait voulu avoir un fils comme moi. Puis, en une seconde, il a changé d'expression. Il a braqué brusquement sur ma gorge deux yeux terrifiants. Et d'une voix qui semblait se faufiler entre ses dents, il a sifflé une phrase que je ne peux oublier : « Mais ça change rien, fils de rat. Si je vous revois ensemble je t'ouvre le crâne et je chie dedans. Allez, dégage. »

Penser à tout ça fait un mal étrange : qui agit en profondeur, dévore lentement tous mes autres souvenirs, toute trace de moi avant toi. Un mal qui ronge mon être – brûle mon estomac.

Je fais une grimace : semblable à celle que fait Nicole maintenant en essayant de démêler un nœud dans ses cheveux avec ses doigts. Le nœud est trop intriqué. Et elle, sans s'en apercevoir, le serre au lieu de le défaire. Elle tire fort, ses yeux brillent.

Elle arrache tout dans un gémissement.

Sans passé et sans futur.

Chaque jour je me réveille comme rescapé d'une soirée de beuverie. Et le reste du temps j'essaie de me remettre, en me traînant d'un angle à l'autre de la pièce. Oscillant entre ennui et douleur. Voilà : je ne me rappelle pas qui disait cela. Osciller entre ennui et douleur. Un philosophe, oui, oui, un de ces philosophes étudiés au lycée. Mais qui ? Je ne me rappelle pas.

Je ne me rappelle rien qui ne soit lié à toi.

Depuis que je suis là-dedans je vis comme si je n'avais pas de souvenirs. De moi enfant, de moi jeune homme, de mes grands-parents, de mes amis. Je ne sais plus rien du moi avant toi et du moi avant ici.

C'est terrible.

Je n'ai pas de traces de moi. Si je voulais remonter le fil de ma vie je ne trouverais qu'une terre confuse et désolée. Aucune empreinte.

Et même de mes jours là-dedans je ne me rappelle rien. Mais ça, c'est plus compréhensible : tout se répète, ici. Une salle de bains, les murs, un rideau, une fenêtre, un matelas, une table, les sacs noirs. Les pommes, les Würstel, les brûlures d'estomac. Basta.

Une immersion profonde, chaque jour, dans le même fleuve d'Héraclite.

Voilà, Héraclite, je me rappelle. Mais non, ce n'était pas lui qui parlait d'ennui et de douleur. Non.

Je ne me rappelle pas.

Peu importe.

Des journées dans ce lieu il ne me reste que de vagues détails liés à certains détenus. Des impressions, des choses qui peinent encore à se dissiper – mais qui s'en iront bientôt je ne sais où.

De ce lieu il me reste aussi le premier jour. Mon arrivée. La porte refermée derrière moi – je ne me rappelle pas qui m'a amené ici, peut-être Carmine, peut-être Vincenzo, peut-être ce gamin, Danilo il me semble.

Je me suis approché du lit et au pied du matelas il y avait une chose que je n'avais jamais vue avant.

Je crois que les douleurs à l'estomac ont commencé à cet instant.

C'était une dizaine de rats morts, entrelacés. Les queues prises dans un enchevêtrement de poils, de merde et de poussière. Ils avaient manifestement commencé à s'entre-dévorer dans la tentative désespérée de se libérer : certains avaient la tête arrachée, d'autres des morsures sur le corps.

J'ai observé longtemps cette chose, comme paralysé. C'était une sorte de créature nouvelle, un animal mutant, une bête faite de bêtes. Pas juste un groupe de rats entrelacés, mais une seule et même créature hideuse.

Dormir à côté de ce monstre était impossible. Le lendemain matin Vincenzo est venu pour s'assurer que je ne m'étais pas tué. Je lui ai demandé – en larmes sans doute, je ne me rappelle pas – de sortir les rats. Il a éclaté de rire, il a saisi à mains nues la grappe de bêtes mortes, a ouvert la porte et l'a jetée dehors. Il m'a dit que je le faisais rire, que j'étais vraiment une tapette, une gonzesse, et que je ne méritais rien de la vie.

Nous ne devons pas finir comme ces rats, Nicole.

Elle revient de la salle de bains. Elle s'assied par terre devant moi, les jambes croisées. Elle me regarde avec une expression qui ressemble à un sourire – mais aussi à un rictus méprisant.

Malheureuse enfant. Malheureuse. Tu m'es impénétrable, comme personne avant toi.

Malheureuse Nicole.

Je t'aurais aimée. En un autre temps.

Je me mords la lèvre : je voudrais me gifler et me crier d'arrêter.

« Lève-toi, vite, c'est dégueulasse par terre. »

Elle soupire à sa manière. Elle vient s'asseoir à côté de moi.

« Veli.

– Oui.

– Je me disais qu'on pourrait faire un pacte.

– Quel pacte ?

– Si tu promets de ne pas me faire de mal je peux travailler pour toi.

– Travailler ?

– Je peux mettre un peu d'ordre ici.

– Pas besoin.

– Comment ça pas besoin ?

– Pas besoin de promesse et pas besoin de mettre de l'ordre.

– S'ils te demandent de me tuer tu le feras ?

– Écoute, personne ne veut te tuer.

– Réponds-moi.

– Je ne te tuerai pas.

– Jure-le.

– Je le jure.

– Tu dois jurer devant Dieu.

– Quoi ?

– Jure devant Dieu que tu ne me tueras pas.

– Je jure devant Dieu, oui, voilà.

– Tu sais ce qui se passe si tu ne respectes pas ton serment, hein ?

– Non. Qu'est-ce qui se passe ?

– Tu meurs.

– Ah, j'ai compris.

– T'as compris ? Sûr ? C'est sérieux, hein.

– J'ai compris. Mais je n'ai pas peur de la mort, moi.

– Sauf que tu meurs dans les pires douleurs. T'as peur de la douleur, non ?

– C'est sans doute la dernière peur qu'il me reste.

– Alors tu mourras douloureusement, si tu ne respectes pas ton serment.

– D'accord. »

Un sourire m'échappe. Un sourire *vrai*. Tandis que je la regarde s'étirer.

Je vais aux toilettes. Je l'entends, un filet de voix : « J'ai pas dormi.

– Si, tu as dormi, lui dis-je à travers le rideau.

– C'est pas vrai.

– Moi, j'ai pas dormi : à cause de toi. Tu ronflais comme un sanglier. »

Elle éclate de rire. « Imbécile ! Sanglier toi-même ! Avec cette barbe, ces cheveux.

– Mais moi, je ne ronfle pas comme les sangliers. » Je cache mon sourire en passant devant elle. Mon sourire *vrai*. Je la frôle, me dirige vers les sacs noirs. Et je sens son parfum.

Elle a un parfum cette enfant, cette jeune fille. Un parfum, malgré tout. D'herbe coupée. De terre rouge. De choses du dehors.

Elle pleurniche : « C'est vraiment pas juste qu'il y ait pas un autre lit.

– On vient ici par punition, pas pour se reposer.

– Et tu veux savoir ce qui me choque aussi ? Je comprends pas comment on peut amener une fille dans ce genre d'endroit et la laisser seule, avec un homme, enfin, il peut se passer n'importe quoi… ils sont vraiment fous. »

Je prends deux pommes et rejoins la table. « Ils sont pas fous. Ils veulent te faire souffrir, je t'ai dit : c'est une punition. Tu as fait quelque chose de mal, et eux ils font ça.

– Quand est-ce qu'ils vont venir me chercher selon toi ? »

Je m'assieds. Je regarde une pomme avec appétit. L'incendie dans mon estomac semble étouffé. Pas éteint, mais moins destructeur.

Par la fenêtre entre, un instant, le vent. Dans mon nez arrive, léger, son parfum. Je croque ma pomme et essaie de ne pas l'imaginer déchiquetée par les flammes de mon estomac.

« D'habitude ils ne laissent pas les gens ici longtemps. Trois, quatre jours maximum. Jusqu'à ce qu'ils décident quoi faire. »

Elle se tait. D'une main elle replace ses cheveux. Le geste d'une femme, d'une mère fatiguée et accablée.

« Viens, mange, lui dis-je à voix basse. Tu aimes ça, non ? » et j'indique l'autre pomme sur la table.

Elle la prend et va s'asseoir sur le matelas. « Oui, les pommes oui. Dans notre maison à la campagne on a un pommier. »

Une réponse m'échappe, elle surgit soudain de ma bouche : « Moi aussi j'en avais un.

– Quoi ?

– Rien.

– Allez…

– Un pommier. »

Elle profite de ma faiblesse, elle veut m'extorquer le plus de paroles possible : « Toi aussi tu habitais à la campagne ? »

Je n'ai pas l'intention de répondre.

Je croque encore ma pomme et me demande comment les mots peuvent sortir comme ça, parfois, échapper à notre contrôle.

Je me dis que les personnes, dehors, parlent presque toujours comme ça, en laissant s'échapper les mots. Parce que finalement, tout le monde s'en moque : les mots ne sont que des mots, et un mot déplacé, on peut sans doute le corriger plus facilement qu'une action. Je ne sais pas.

Le premier « je t'aime » que je t'ai dit s'est échappé exactement ainsi – il a surgi après trois bières, mêlé au cliché de tes yeux bleus dans les miens. La ruelle sombre derrière le café L'Artigiana. Tu venais de m'expliquer que tu ne dormais plus depuis deux jours. À cause de moi.

« Je t'aime. » Et puis « Pardon. » Tu as répondu « C'est rien. » Un baiser. Tu tremblais.

Je fais un signe de tête vers la pomme qu'elle tient dans sa main : « Mange, elles sont bonnes.

– Allez, dis-moi.

– Que veux-tu que je te dise ?

– Toi aussi tu habitais à la campagne ? »

Je sens que mon attitude évasive l'énerve. Elle lutte pour m'avoir de son côté. Probablement. Comme si j'étais d'un autre côté. Mais je ne suis d'aucun côté.

« Qu'est-ce que ça peut te faire ? » je réponds, durement, en mâchant.

Une espèce de piaillement nerveux : « Rien, c'est juste comme ça, pour parler ! Mamma mia, quel casse-couilles tu es, Veli. » Elle souffle, croque sa pomme.

Je voudrais sourire, car chacun de ses comportements est authentique, pur – donc très beau. Même quand elle fait ça. Je me gratte la barbe pour tenter de retenir le sourire *vrai* qui m'échappe – tel un mot, il m'échappe. Encore un sourire *vrai*.

En mâchant elle cherche autre chose à dire : « Qu'est-ce que t'aimes faire ? Dans la vie. »

Moi, automatique : « Rien. »

Elle, automatique : « Voilà. J'en étais sûre. » Une morsure nerveuse dans sa pomme. « T'aimes la musique ?

– J'aimais.

– Et là t'aimes plus ?

– Non, j'en écoute plus.

– Pourquoi ?

– Y a pas de radio ici.

– Quel endroit d'merde.

– T'as raison.

– Moi, j'aime le rock. J'apprends à jouer de la guitare, pour créer mon groupe. Tu connais Nirvana ?

– Non. »

Il faut arrêter ça. Il faut arrêter ce manège qui me fait sortir de mon rôle.

« Non ? Tu dois absolument écouter, c'est trop bien ! Attends, j'vais t'montrer. » Elle se lève et va chercher le balai. Elle le tient comme une guitare.

Elle se met devant moi, les jambes un peu écartées, en imitant les expressions et la voix de Kurt Cobain. Elle chante vulgairement avec un très mauvais accent : « *Come ! As you are ! As you were ! As I want you to be !* »

Et moi je souris. Je ne peux pas le retenir, ce sourire. Plus vrai que tous les autres. Et elle aussi sourit. Vraie, elle, tellement vraie. Elle est toujours vraie.

« Tu la connais pas celle-là ? Tu l'as jamais entendue ?

– Non », je mens. « Mais tu es douée.

– Allez viens, on fait un duo. »

Et me voilà à nouveau au lycée, la fille de la terminale B avec ses cheveux violets, son tee-shirt Iron Maiden, qui à la fête de fin d'année me traîne sur un podium. Elle me dit « Chante » en me mettant un micro sous le nez. *Wasted years* commence et moi je souris, je me dérobe et dis « Non, non » puis je finis par chanter « *I'm just a stranger to myself* » devant la moitié du bahut.

« *Can't ease this pain so easily.* »

Je t'en ai parlé, je t'ai raconté, et tu as ri, avec *ton* rire.

Me voilà, toujours le même, qui souris encore plus, encore plus *vrai*, je me dérobe : « Non, non.

– Si, allez ! Tu ressembles trop à un rockeur. »

Encore plus large, *vrai* : « N'importe quoi…

– Avec tes cheveux longs, ta barbe, tes vêtements déchirés. » Elle me tire par le bras pour que je me lève. Je fais peu de résistance.

« Bon, on garde cette chanson, elle est facile. »

Nous sommes comme au centre d'une scène. Elle reprend sa position et commence à chanter. Je suis à côté d'elle, muet. Je l'observe. Fasciné, avec un sourire franc et vivant, au lycée, cette nuit, la fille de la terminale B, ses cheveux violets, son tee-shirt Iron Maiden, et maintenant Nicole, là, Nirvana, sa robe blanche, les yeux qu'elle a.

« Mais toi aussi tu dois chanter ! Les paroles sont : *Cam-es-iou-ar, es-iou-ouer*. Allez, c'est facile.

– Non, vraiment. »

Elle ne me répond pas, elle se remet en position.

Je soupire et acquiesce – surtout pour moi-même. Je ferme les yeux, comme cette nuit, la fête de fin d'année, la fille de la terminale B qui me crie dans l'oreille : « *Face up ! Make your stand !* » Et moi qui chante : « *And realize you're living in the golden years.* »

Maintenant Nicole. Tellement vraie. Et moi. Mon cœur *vrai*, qui bat.

« *As a friend. As a friend. As a known enemy.* »

Nous chantons.

Et à la fin, en regardant vers la porte comme si elle regardait un public, elle hurle : « *Yeah ! Thank you very much ! We are Veli* et *Nicole !* Et *we rock and roll !* » Puis elle se tourne vers moi, là, immobile, qui l'observe et je ne sais pas, je ne sais plus si je souris, je ne sais pas s'il est vraiment large ce sourire qui déchire ma gorge et fend ma poitrine.

Elle attrape mon poignet : « Toi aussi remercie le public ! »

Je regarde la porte. « Merci.

– Bravo ! »

Elle va remettre le balai dans son coin. Moi, immobile, déchiré de la gorge à la poitrine.

« Tu vois que c'est facile ? C'est amusant. » Elle revient vers moi, reprend mon poignet. Elle le secoue : « Allez, faisons autre chose. »

Mon estomac s'enflamme soudainement. Si fort que j'ai le souffle coupé. Elle me regarde. « Qu'est-ce que t'as ? »

« Attends une minute. Assieds-toi.
– Quoi ?
– Écoute…
– Ça va pas ?
– Si. Je dois te dire une chose.
– Merde. Pour une fois qu'on s'amusait…
– Allez. S'il te plaît.
– Dis-moi.
– Voilà. Ici, ils envoient des personnes qui… qui ont fait des écarts, parfois même des personnes importantes, imagine un peu. En tout cas des gens toujours, disons, différents de toi… bref, une gamine ici, c'est jamais arrivé. Et moi je ne demande jamais rien à personne, ici, ça ne m'intéresse pas, jamais. Mais à toi je veux le demander : pourquoi tu es là, toi ? »

Elle regarde la petite fenêtre, comme si elle se concentrait pour trouver la bonne réponse. La lumière qui entre poudre la peau de son visage d'une couleur que je n'ai jamais vue.

« J'ai tué quelqu'un.
– Arrête. Dis pas de conneries.
– Vraiment.
– J'te crois pas.
– Me crois pas.
– Bon, imaginons. T'as tué qui ?
– Michele.
– Michele ?

– Michele de Mimì.

– Michele de Mimì ?

– Oui, Michele Maradona. Le fils de Mimì.

– Vraiment ?

– Oui.

– Mais quand ? Comment ?

– J'peux pas t'le dire. C'est un secret.

– Ça va, j'ai compris.

– Qu'est-ce que t'as compris ?

– Tu bluffes.

– Non, je bluffe pas.

– C'est bon.

– Vraiment. Je ne peux pas te le dire. C'est un secret.

– Un secret…

– Oui. Un secret. Et si je te le dis après tu dois m'en dire un aussi.

– Pourquoi ?

– Parce que c'est comme ça avec les secrets.

– J'ai pas de secrets.

– Mais si.

– Non, j'te dis. Et puis fais comme tu veux, je vais pas rester là à te supplier.

– Allez, ça se voit que t'as plein de secrets.

– C'est pas vrai. Ça se voit comment ?

– Pourquoi tu vis dans cet endroit d'merde ? Par exemple.

– C'est pas des secrets, ça. Ce sont mes affaires, c'est différent.

– Ah O.K., très bien. Alors je te raconte pas mes affaires.

– Très bien. »

Je bois de l'eau, beaucoup. J'ai chaud. Et comme toujours j'ai l'illusion qu'en buvant aussi avidement l'incendie dans mon estomac va s'éteindre. Mais non. Au contraire, c'est pire.

Elle est assise sur le matelas. Elle ne me regarde pas. Le visage courroucé. Elle promène son doigt sur le carrelage, comme si elle écrivait. J'essaie de suivre le mouvement, pour comprendre si elle écrit vraiment ou si elle bouge simplement son doigt au hasard. Il me semble qu'elle écrit vraiment quelque chose. *Veli*.

Je fixe sa nuque. Comme si je l'avais appelée elle se tourne vers moi brusquement. Ses yeux sont féroces.

« Dis-moi la vérité. »

Oui. C'est juste qu'elle sache. Et basta. Peu importe le rôle. Pour un instant, peu importe.

Elle le mérite, cette petite : parce que depuis qu'elle est là le silence a disparu. Le bourdonnement ravageur du silence qui remplit chaque centimètre de cette pièce. Maintenant, avec elle ici, cet endroit est voix.

C'est juste qu'elle sache.

« Il veut te tuer. »

« Comment tu l'sais ?

– Je le sais.

– Tu dis ça pour me faire peur.

– Non.

– Alors qu'est-ce que t'en sais ?

– Quand ils t'ont amenée ils m'ont laissé une lettre de Mimì. Et dans la lettre c'était écrit qu'il voulait te tuer.

– Où elle est, c'te lettre ?

– Je l'ai jetée. Dans les toilettes.

– Alors j'te crois pas.

– Me crois pas, fais comme tu veux.

– Pourquoi tu l'as jetée ?

– C'est Mimì qui veut ça. Il veut que les choses qu'il m'écrit disparaissent. »

« C'est vrai ?

– Quoi ?

– Qu'il veut me tuer.

– Oui. »

La voilà sur moi, ses poings qui serrent mon tee-shirt.

« Laisse-moi m'enfuir. »

Ses yeux brûlent. Les yeux qu'elle a.

Je regarde ailleurs, vers le point du carrelage où je pense qu'elle a écrit mon nom.

« Tu es folle », je murmure en secouant la tête.

Elle s'approche encore. L'odeur du dehors.

Ses yeux dilatés. Ils brûlent de plus en plus. Les yeux qu'elle a.

Elle reprend son souffle. Soudain elle est tout agrippée à moi : elle m'enlace en enfonçant ses doigts dans mon dos, sa joue droite contre ma poitrine.

Et elle parle, elle parle comme si elle récitait une chose apprise par cœur, comme si elle s'était répété ces paroles des centaines de fois.

« Il était amoureux de moi. Tout a commencé il y a trois semaines. Il arrivait devant le lycée, chaque matin, avec un poème à la main. » Elle serre plus fort ses poings sur mon tee-shirt. « Tous les matins, il m'attendait, près de l'endroit où je gare mon scooter. Il me voyait arriver, il s'approchait sans rien dire. Il déposait une feuille sur la selle, presque sans se faire voir. Et puis un jour, il est venu vers moi, sans feuille à la main. On s'est regardés deux secondes. Il a essayé de m'embrasser. Je me suis éloignée, j'ai dit "Non." Il m'a tendu un cahier. Il m'a dit que là-dedans il y avait toutes les poésies qu'il avait écrites pour moi. Je lui ai ri au nez. Et je l'ai plus vu, jamais plus. »

Nous nous taisons. Elle se détache de moi. Je m'aperçois que je l'ai écoutée en retenant ma respiration. Elle va sur le matelas et me tourne le dos.

« Et ensuite ? » je demande, avec la voix qu'il me reste.

« Cet après-midi-là il s'est jeté par la fenêtre, du septième étage. Je crois pas qu'il a fait ça à cause du baiser que j'ai refusé. Je crois pas. En tout cas, apparemment, il a laissé une lettre. Et la raison de son geste, apparemment, c'est moi. Alors j'me suis enfuie, parce que j'ai compris qu'ils allaient venir me chercher, Mimì et ses larbins. J'me suis enfuie, lâchement.

Et j'ai laissé ma mère là, toute seule, dans la maison où ils allaient venir me chercher. Je sais que d'habitude, quand ils en veulent à quelqu'un, ils lui cassent un bras. Peut-être qu'à ma mère aussi, ils lui ont cassé un bras. Et je l'ai laissée là. Je suis partie. Chez mon père, à la campagne. J'ai couru sur les chemins invisibles près de Santa Venardìa, les plus cachés, ceux que même les paysans connaissent pas. Mon père me les avait montrés quand on allait chercher les meilleures pierres pour construire le muret autour de la maison. Et de cette course, je me rappelle rien, à part la sensation de brûlure dans mes jambes couvertes de la terre rouge et humide qui entoure les puits. Ils savaient que je viendrais là, chez mon père. Quand je suis arrivée il y avait un corps, par terre, devant la porte. Le corps de mon père, plein de sang, plein de sang. Et quelqu'un là, debout, planté devant la porte, avec des cheveux noirs et des lunettes de soleil. Gros, jeune, tatoué. "V'là la p'tite pute", il a dit. Et puis… et puis rien. J'étais là. »

« T'as les yeux fatigués.
– Je suis fatiguée.
– Dors un peu.
– J'y arrive pas.
– Sur le matelas.
– Sur le matelas ?
– Oui.
– Je peux, vraiment ?
– Oui.
– Merci… »

Pour la première fois depuis que je suis là – ou peut-être pour la première fois de ma vie – j'ai, vraiment, peur.

Pas pour moi : pour elle.

Pour ce petit corps recroquevillé et tremblant sur mon matelas.

Même pour toi je n'ai jamais éprouvé une telle peur : je savais que tu t'en sortirais, que ta famille, avec le temps, te pardonnerait. Entre toi et moi, le seul qui risquait de perdre quelque chose c'était moi.

Et je ne me trompais pas. Tout, entre toi et moi, n'a été qu'un cheminement, stupide et obstiné, vers ma destruction. Une destruction que j'ai sans doute voulue, cherchée délibérément sans m'en rendre compte.

Je ne sais pas, je ne sais pas.

Je sais cependant que Nicole est face à un gouffre. Suspendue à un cheveu au-dessus de ce gouffre. Coupable de rien – comme moi, comme toi, en un sens : mais elle encore plus, encore plus innocente.

Et je ne m'en veux pas d'apprivoiser maintenant ce sentiment nouveau, cette peur que j'ai pour elle. Car c'est terrible d'être certain que bientôt elle ne sera plus là, qu'on l'emmènera loin de moi, loin de tout. Ils la tueront sans savoir qu'ils commettent un crime bien plus grave qu'ils ne le pensent : ils privent le monde d'une chose belle, une chose pure, vraie.

Une chose sacrée.

Il ne faudrait pas les toucher, les choses sacrées.

Ils ne le savent pas. Ils ne le sauront pas.

Et moi j'ai peur. Au point que non seulement je comprends sa peur, mais j'en éprouve en plus une toute mienne, tellement mienne et profonde que je n'ai pas les mots pour la lui raconter.

Je voudrais dire tant de choses. Et je dis peu, si peu.

« Tu es très belle.

– Quoi ? »

Quelque chose, enfin, s'allège – quelque chose semble s'écarter de cette poitrine oppressée depuis je ne sais combien de temps.

Je laisse les choses aller comme elles veulent – ou comme elles doivent. Oui, c'est bien. Cela revient à dire maintenant basta, basta avec cette pantomime du gardien, ce rôle.

Je m'agenouille à côté d'elle. Je passe une main dans ses cheveux. Un de mes doigts se prend dans un nœud, je le démêle avec délicatesse.

Elle pleure moins, maintenant. Elle tremble moins.

Je caresse son visage – juste une fois, doucement, comme si je risquais de l'abîmer.

Tu n'es pas là, maintenant. Aucun masque sur elle. Seulement elle, vraiment elle.

Toi, maintenant, tu n'es pas là.

Et il s'allège, il s'allège sérieusement le poids sur cette poitrine oppressée.

« Tu es très belle. »

« Je sais pas si quelqu'un me l'a déjà dit.

– Quelqu'un te l'a sûrement dit.

– Peut-être. Mais là, je m'en souviens pas.

– Peu importe. C'est la vérité.

– Je veux que tu me le dises toute la vie.

– Nicole…

– Je sais, c'est une connerie, pardon, je suis une idiote.

– Non, c'est pas une connerie, et t'es pas une idiote. C'est juste que je peux pas, moi.

– Je sais.

– Mais je voudrais bien. »

Et je voudrais aussi te dire de ne pas avoir peur. Je voudrais te dire que tout ira bien, qu'un jour tout ça sera seulement un mauvais souvenir. Tu retourneras au lycée et aux intercours tout le monde te demandera de raconter cette histoire, quand tu étais prisonnière de la Sacra. Un jour, quelque part, dans quelque temps, nous serons ivres et nous chanterons à nouveau du Nirvana. Tu grandiras, et plein d'hommes te diront que tu es très belle. Je voudrais te dire qu'il en sera ainsi. Te le promettre.

« Mais tu peux pas.

– Je peux pas. »

Je me lève et vais vers la petite fenêtre.

« Il fait gris aujourd'hui. » Le ton de ma voix est tellement faux qu'il semble railleur. Je persévère, et je me sens pathétique : « On dirait des nuages de pluie.

Elle me manque, la pluie. Mais en cette saison, après la pluie, arrive toujours une chaleur humide insupportable. Alors j'espère qu'il va pas pleuvoir. Parce que j'en peux plus. De la chaleur et de l'humidité. J'en peux plus. »

Je ferme les yeux et voudrais hurler.

Je n'en peux plus de m'éloigner de moi. De ces pensées vides et stériles rivées sur moi. De suivre à la trace chacun de mes gestes avec la peur de perdre des morceaux de moi. De me sentir l'ombre d'un moi-même qui désormais ne compte pas.

Je n'en peux plus. De moi-même.

Je n'en peux plus.

Je rouvre les yeux et je pleure. Je sens son regard sur moi.

« Je peux pas te laisser partir, Nicole.

– Je sais. »

III

Je divague sur tout ce que je pourrais faire :
les possibilités (mon thème le plus lyrique) :
qui s'annulent (s'éteignent)
et je perds le perdu,
creuse et c'est déjà le fond,
tente de faire rimer
« cadre » avec « rond »,
« Nicole » avec « aimer »,
je ne peux je ne veux
vraiment : juste le jeu,
habituel, pure humiliation :
mais je le sais, je le retrouve dans tous les nœuds :
les guerriers en temps de paix s'attachent
entre eux.

Michele Trevi, *Carnet d'adieu : 20 poèmes à la Belle N.*
(poème n° 13)

13

NICOLE

Le problème c'est que cet endroit te fait penser. Trop, il te fait penser. Je n'avais jamais autant pensé de ma vie je crois. C'est qu'il n'y a rien, ici, rien du tout : juste Veli et moi, et à certains moments on dirait que même nous on n'est pas là. Alors quelqu'un qui reste comme ça, sans bouger, il se met à penser.

Et à quoi tu penses ? À la mort, c'est normal.

Et tu t'imagines morte et tu voudrais fondre en larmes. Mais tu te dis que non : tu n'as pas peur de la mort, toi. Tu as toujours été courageuse. Tu n'as pas peur de la mort.

Puis tu penses encore, et tu te dis qu'il y a peut-être un moyen, un moyen de ne pas se faire tuer. Peut-être. Mais tu ne sais pas lequel.

Puis tu penses encore. À la mort, mais pas à la tienne : à celle de ton père. Le corps mort, de ton père.

Quelqu'un qui reste comme ça, sans bouger, il se met à penser.

Il y a ce livre et c'est tout, ici. Mais lire n'est pas facile. Pas facile pour quelqu'un, là-dedans, de se concentrer sur une page. Il te fait penser, cet endroit, trop. Il suffit d'une phrase, d'un mot, et tu te mets à penser, et tu n'avances pas, tu ne lis plus. Tu penses.

Par exemple, dans le livre, j'ai trouvé un mot, un mot que je connaissais déjà plus ou moins, mais en le lisant là, il m'est revenu. Et là, ce mot, c'est comme s'il dévorait (*euphémisme*) mes pensées : « adjacent ». Un mot que je connaissais, oui, mais il semble nouveau, parce que seulement maintenant j'ai vraiment compris comment l'utiliser – maintenant que je suis là-dedans.

Mon père et moi nous étions *adjacents*. Par exemple.

Depuis toujours, depuis que je suis petite, je me vante d'être courageuse – de n'avoir jamais peur, précisément.

Jamais peur de faire un de ces jeux dangereux, jamais peur des histoires violentes ou des films d'horreur. Et encore maintenant : jamais peur d'une interrogation, de sortir seule de chez moi, de perdre ma virginité.

Mais là, non : j'ai peur, moi. Pour la première fois.

Et c'est une peur bizarre : pas de mourir, pas de Mimì. Non, c'est bizarre, comme si ces choses arrivaient à une autre personne, pas à moi.

Ma peur, là, c'en est une autre : c'est le *corps* de mon père.

Parce que je sais qu'il me poursuivra, si jamais je devais sortir vivante de toute cette affaire. Je le sais, moi, qu'il me poursuivra : le corps de mon père, étendu là, devant sa maison, avec un truc rouge et rose et blanc sur son visage, un truc incompréhensible.

Une espèce de pâté rouge, et rose. Et blanc.

Blanc.

C'était quoi ce blanc ?

De l'os ?

Mamma mia : cet endroit te fait penser, trop.

Mamma mia.

Le problème c'est que je me rappelle que dalle, je n'arrive pas à me concentrer sur autre chose que ce corps-là. C'est comme si cette pièce te vidait le cerveau pour mettre dedans ce qu'elle veut.

Je voudrais essayer de penser à un moyen de sortir d'ici. Mais je n'y arrive pas. Et j'ai l'impression que de mon père, là, il ne me reste que ça : son corps, comme je l'ai vu la dernière fois. Comme devait être celui de Kurt Cobain quand il est mort : privé de visage – voilà, le visage de mon père, qui me ressemblait tant, ce visage, et c'est peut-être pour ça, peut-être, que j'ai l'impression d'avoir moi aussi tout ce sang sur mon visage, d'en être privée aussi, de visage : nous étions *adjacents*, oui, c'est sans doute ça.

En tout cas, la voilà ma peur : avoir le corps de mon père ancré dans ma tête, en moi. Une *adjacence* exagérée. Une *adjacence* de merde.

Je voudrais lui dire, à Veli, ces choses. Veli qui est là, allongé sur le lit. Il me regarde du coin de l'œil. Si je lui parlais, je pourrais peut-être trouver refuge dans un de ses silences par exemple. Ses silences qui m'obligent à écouter sans bouger : le bourdonnement de cette pièce horrible, une chose que j'avais jamais entendue avant : le bourdonnement du vide, une espèce de rien, total. On ne peut pas l'expliquer.

Et je dois m'efforcer de les remplir, ce vide et ce rien. Je les remplis même avec les silences de Veli. Qui me regarde, de cette façon étrange. On dirait un animal qu'ils ont blessé. Cependant, je le remarque : il me regarde avec une espèce d'envie. Une envie pas comme celle des garçons du lycée. Autre chose. Ses yeux semblent glissants. Comme quand il reluque mes genoux, mes bras, ma poitrine, en essayant de ne pas se faire voir.

Je pourrais le séduire, un truc de ce genre. Pourquoi pas. L'étourdir, par exemple, en baisant.

Je sais faire peu de choses, en baisant, oui, mais à mon avis ça pourrait suffire : il n'a pas dû le faire depuis un moment, et Noemi m'a raconté qu'une fois elle a taillé une pipe à un type qui n'avait pas baisé depuis très longtemps, et qu'après il avait dû boire un verre d'eau sucrée. Et tout le monde dit que mon corps est parfait. Moi je ne vois pas ce qu'il a de beau, ce corps, mais apparemment les hommes le trouvent beau, oui. Et peut-être que Veli aussi le trouve beau.

Cette façon qu'il a de me regarder – voilà, voilà, comme il me regarde en ce moment – comme un animal blessé et inoffensif : c'est la même façon qu'avait mon père de me regarder, oui, pendant la période du divorce.

Il me regardait comme ça aussi chaque fois que j'allais chez lui après une engueulade avec maman.

Il me regardait comme ça chaque fois que je lui disais que je l'aimais.

Eh, le voilà : mon père. Vivant dans ma tête, alors qu'il ne devrait pas, alors qu'il n'a rien à faire là. Vivant mais pas vivant, mon père. Une espèce de fantôme. Qui chamboule, qui embrouille tout. Le voilà.

Et je voudrais le dire à Mimì : je sais que dans sa tête, là, il y a seulement le corps de son fils, ce corps broyé après une chute de sept étages. Et maintenant lui, Mimì, maintenant il est ce fils éclaté aux quatre coins de la rue. Comme moi je *suis* ce père sans bouche, sans yeux. Sans *adjacence*.

Je voudrais lui dire, à Mimì, que lui et moi c'est comme si on n'était rien, maintenant. Tous les deux : on n'est rien, juste bons à traîner pour toujours ces fichus fantômes qui chamboulent tout, qui embrouillent tout, en permanence.

Je voudrais lui dire, à Mimì : je sais que de nous, désormais, il reste seulement ce peu. Ce peu qui est rien.

Et je sais que tout ce qu'il veut là, Mimì, c'est cacher le fantôme de son fils. Je le sais, il ne veut pas l'avoir avec lui pour toujours, il ne peut pas. Et pour ça il a besoin de l'enfouir, le fantôme de son fils. De l'enfouir sous d'autres fantômes, des fantômes qui ne comptent pas, qui ne lui appartiennent pas. Des fantômes tels que moi.

Je n'ai pas peur de mourir.

Et s'il était devant moi maintenant, Mimì, je lui dirais : « *Come as you are*. Viens comme tu es. Vas-y, tue-moi. Libère-toi. Et libère-moi aussi de mon fantôme. » Une chose de ce genre, je lui dirais. Parce que ça fait du bien, de tuer.

Tuer fait du bien. Je le ferais moi aussi. Maintenant. Tuer. Je le ferais moi aussi, c'est sûr.

Je n'ai pas peur de mourir.

Je le vois, Veli. Je vois comme il me regarde.

Veli et moi, nous sommes *adjacents*.

Et les yeux d'animal blessé qu'il a me font pleurer.

Eh oui, maintenant je pleure.

Et c'est comme le bord d'un précipice qui s'effrite.

Et je tombe.

Et en tombant je redeviens moi.

Je redeviens la Nicole qui a peur de la mort.

Bien sûr qu'elle a peur : elle a terriblement peur de la mort, Nicole.

Et elle a peur de cet endroit. Et elle a peur de Veli.

La Nicole qui, à cet instant, l'aime, Veli, comme jamais elle aurait imaginé aimer quelqu'un : avec désespoir, elle l'aime, un désespoir qu'elle ne s'explique pas.

La Nicole qui pense et toutes ces pensées ne sont peut-être qu'une prière à quelqu'un qui écoute peut-être.

Papa, aide-moi. Papa, vraiment. Papa, au moins toi, s'il te plaît. Aide-moi.

Je ferme les yeux, j'essaie de respirer, j'essaie d'arrêter de pleurer.

Alors je m'imagine : allongée sur le matelas, ma tête sur la poitrine de Veli, pleurant tellement que je trempe son tee-shirt.

Les yeux fermés. La main de Veli et ses doigts qui effleurent ma nuque.

« Tu as peur ?

– Oui. »

14

ARIANNA

Cet appartement, désormais, est le dernier endroit où elle voudrait être. Pourtant elle ne sait plus depuis combien de temps elle n'est pas sortie. Elle reste enfermée là, et le pire c'est qu'elles sont presque toujours seules, elle et sa mère.

Elles ne se parlent plus, font tout pour ne jamais se retrouver dans la même pièce. Il n'y a de contact que quand, par moments, sa mère hurle quelque chose sans raison depuis la cuisine. Comme maintenant : « Tu dois partir, maudite fille, je veux pas d'âmes en peine qui rôdent sous mon toit. »

Elle l'ignore. Elle ne peut rien faire d'autre, pour l'instant. Elle ne peut pas s'en aller comme ça, sans un semblant de programme, sans argent de côté. Elle doit réfléchir, y travailler : elle n'a pas d'amis, elle n'a personne pour l'aider. Elle doit tout faire seule.

Et tant pis, tant pis si elle est seule, c'est peut-être mieux à la fin. Elle l'a juré devant Dieu, même si elle n'est plus sûre d'y croire, en Dieu : dès qu'elle peut, elle s'en va.

Si elle pouvait la maudire vraiment, cette mère, elle l'aurait déjà fait. Si vraiment elle le pouvait. Elle l'aurait fait, c'est sûr.

Elle n'en a rien à faire de ce que sa mère hurle. Au contraire, elle se dit qu'elle aime beaucoup cette expression : « âme en peine ». Elle l'utilisait aussi en parlant de tante Adele : « Cette vieille Adele a l'air d'une âme en peine entre ses quatre murs, chez tante Adele il y a des chats et une âme en peine qui donne à manger aux chats. »

Elle doit réfléchir, trouver un moyen de mettre de l'argent de côté et s'en aller. S'enfuir. Basta.

Où irait-elle ? Que ferait-elle ? Elle chercherait Veli sans doute, même si elle ne saurait pas par où commencer. Elle devrait forcément extorquer des informations à son père, ou à Carmine. Et ça, non, c'est vraiment impossible.

Elle ne sait pas si Veli revoudra d'elle, après ce que leur histoire lui a coûté. Cette pensée, bien que passagère, lui donne une pointe de nausée. Elle doit respirer profondément, deux fois, les yeux fermés. Et le chasser, Veli : le mettre lui aussi dans cette espèce de limbe de sa mémoire. Celui où voguent la mère qu'elle a perdue, le père qu'elle aurait voulu, le frère qui devrait être à ses côtés. Les contenir là, tous ensemble, et en même temps essayer de les ignorer, ce n'est pas facile. Mais elle ne peut pas faire autrement. Elle sait que si elle ne le faisait pas, elle deviendrait folle : comme sa tante Adele, elle se noierait lentement dans les sables mouvants des souvenirs. *J'ai peur de devenir un nœud de souvenirs impossible à défaire*, aurait-elle écrit.

Elle ne sait pas quoi faire. Elle ne sait rien. Elle erre, dans cet appartement qui devient jour après jour un labyrinthe sans air. Une âme, en peine.

Cependant, quelque chose a changé dernièrement. Dans ces pièces où elle erre toute la journée, elle ne se sent plus *vraiment* seule. Pas à cause de la présence odieuse de sa mère, non, elle l'ignore.

Dans ces pièces, il y a autre chose.

Elle va dans le couloir long et sombre. Elle tressaille, mais ce n'est pas le tressaillement de quelqu'un qui a peur : c'est le tressaillement de quelqu'un qui espère. Elle voit que la porte de la chambre de Michele s'est ouverte.

Elle respire, fort : la respiration de quelqu'un qui espère.

Elle va vers la chambre, elle y va décidée. Elle s'arrête sur le seuil, instinctivement elle tousse un peu, comme pour demander la permission. Elle regarde autour d'elle. Il n'y a personne. Mais elle le sent, il y a autre chose, elle le sent.

Là-dedans c'est pareil qu'avant : comme si Michele était encore présent, comme s'il allait revenir d'un moment à l'autre. C'est la chambre d'un adolescent qui lit des livres tristes et écoute de la musique qu'elle ne peut pas écouter.

Une chambre figée dans un désordre mis en ordre chaque jour par une mère.

Une mère qui chaque jour dérange et range chaque objet, dépoussière, balaie, nettoie.

Elle ressent un dégoût en pensant à cette mère, tandis que l'odeur de friture envahit même la chambre de Michele. Cette mère qui chaque jour entre dans cette pièce et nettoie des choses que personne ne salit. Comme si c'était utile, comme si c'était porteur de quelque sens. Elle dépoussière, chaque jour, pathétique et consternante, les piles de cassettes et de livres.

Les cassettes, des dizaines et des dizaines. Elle les parcourt, elle connaît l'ordre par cœur, comme une comptine : Darkthrone, Burzum, Venom, Enslaved, Possessed, Immortal, Mayhem, Dissection, Blasphemy, Hellhammer. Et le poster noir au-dessus du lit, avec la tête de bouc blanche dessinée, et l'inscription un peu médiévale, BATHORY. Et les livres, sur la table de chevet, par terre, partout. Elle en prend un au hasard dans une pile sur le bureau. Sylvia Plath. Des livres devant la fenêtre, aussi. Elle en ouvre un. Amelia Rosselli. Il est tout annoté. Elle le feuillette un peu, ne comprend rien. Elle le repose où il était, devant la fenêtre.

La fenêtre.

La fenêtre.

« Carmine m'a demandé d'écrire un poème.

– Carmine ?

– Oui. Pour toi.

– Mon Dieu, comment ça ?

– Il veut que j'écrive un poème pour toi, qu'il signerait lui.

– Mais il est pas un peu taré ce type ?
– Un peu inquiétant.
– Et qu'est-ce que t'as répondu ?
– Je lui ai dit que j'écrivais pas de poèmes.
– Merci.
– De rien.
– En vrai t'en écris. Non ?
– Un de temps en temps. Mais après j'le jette par la fenêtre.
– Pourquoi ? »

Elle ne se rappelle pas qui, le jour de l'enterrement, lui a dit que Michele, en se jetant de cette fenêtre, avait avec lui quelques-uns de ces livres.

Elle n'arrive pas à se rappeler. Elle voudrait savoir : pour lui cracher au visage. Et elle voudrait savoir aussi où sont passés ces livres.

Il y a trop de choses qu'elle voudrait savoir. Elle ne peut pas y penser. Il ne faut pas. Elle deviendrait folle, comme cette mère qui hurle maintenant, dans le fumet d'un énième plat de pâtes aux moules que personne ne mangera : « Maudite fille, tu dois partir. »

Elle entend un bruit dans son dos. Elle se tourne et voit que le poster de Bathory s'est détaché, il est tombé sur le lit. Elle le ramasse et regarde les bords, il faudrait remettre du scotch.

Puis sa respiration se bloque.

Il y a une phrase, dans l'angle le plus corné, en bas à droite. Écrite en petit, au correcteur blanc.

POURQUOI TU NE T'ENFUIS PAS ?

Elle parcourt la phrase avec son doigt, sans pouvoir faire autre chose pendant plusieurs minutes.

Elle fond en larmes.

« Pourquoi tu t'enfuis pas ?
– Hein ?
– Toi, t'as rien à faire ici.
– Je comprends pas, Miché. C'est-à-dire ? »

Comme un bruit de pétard. Cela semble venir de la cuisine.

Des pas lourds qui approchent. Le long du couloir. On dirait les pas de Michele, quand il revenait du lycée et que quelque chose lui avait mis les nerfs.

« Les gens comprennent pas.
– Personne comprend, Miché.
– Même toi.
– Je sais. Même moi. Mais j'essaie, moi.
– Pourtant tu devrais avoir compris.
– Quoi, Miché ?
– Qui est la bête.
– La bête ? Comment ça ?
– Rien. Peu importe.
– Dis-moi, Miché. Vraiment, je veux comprendre.
– Quand t'es devant la glace, tu la vois ?
– Non, Miché, allez, arrête avec ces énigmes. »

Elle serre le poster entre ses mains. Elle a un nœud dans la gorge : le nœud de quelqu'un qui a peur. Le nœud de quelqu'un qui étouffe – tandis qu'elle sort de la chambre de Michele et va au-devant de ces pas.

15

MIMÌ

Mimì pense, et il sait, il sait qu'il est réduit, désormais, à rien, il le sait, réduit à un dîner vomi, Mimì le sait, et il sait aussi qu'il ne peut rien faire désormais pour arranger les choses, il a essayé, mais il n'y arrive pas, il n'en est pas capable, trouver une solution, lui, un seul mot tourne dans sa tête, « basta », et pour lui, le mot « basta », toujours, depuis toujours, ça signifie une seule chose, il y pense, Mimì, en montant les escaliers, sept étages, maudits les escaliers de cet immeuble, cette maison qui n'est pas sa maison, la maison de sa femme, de ses enfants, les escaliers, sept étages, il n'en voulait pas, un appartement au septième étage, lui qui a peur des ascenseurs, Mimì, non, il n'en voulait pas, lui qui se demande comment c'est possible sept étages dans un cube fermé, et il pense à Michele, qui s'est jeté, le vol, du septième étage, Mimì pense à sa femme qui insistait pour prendre cet appartement au septième étage, il y pense Mimì, en entrant dans l'appartement, un relent de friture l'assaille, Mimì serre les dents, essaie de ne pas respirer, ouvre grand la fenêtre de la cuisine, la cuisine où sa femme fait de la friture, depuis des jours, depuis toujours, il ouvre grand la fenêtre, Mimì, il respire l'air humide, puis il se tourne, les dents encore serrées, sa femme s'approche et le regarde, sa femme, elle est affolée, elle le regarde de la tête aux pieds, elle le voit couvert de sueur et de terre et de sang, elle lui demande ce qu'il s'est passé, met ses mains sur son visage, le caresse, tente d'arranger ses cheveux, touche ses joues, Mimì sent l'odeur des mains de sa femme, les mêmes mains depuis des années, la même odeur, Mimì la sent, l'odeur des mains de sa femme, et lui vient une brûlure, dans l'estomac, une espèce de haut-le-cœur, la première fois qu'il l'a embrassée, sa femme, à l'arrière du restaurant, la première fois, elle a mis ses mains sur ses joues, ses mains avaient déjà cette odeur, cette sale odeur d'oignon coupé, depuis des années, l'odeur, depuis la première fois, et Mimì sent une brûlure, un haut-le-cœur, l'odeur des mains de sa femme, sale odeur, Mimì éloigne ces mains de son visage, sa femme le regarde, elle le regarde d'une façon que Mimì ne comprend pas, il ne s'y attendait pas, une façon de regarder qu'il ne lui connaissait pas, la peur, la peur de quelqu'un qui sait qu'il va mourir.

« Pourquoi, Mimì ? »

Il ne sait pas, Mimì, il ne sait pas pourquoi. Il savait, peut-être, quand ce jour-là il est allé dans la chambre de son Michele, il savait, peut-être, mais maintenant non, il ne sait plus pourquoi, pourquoi il est allé dans la chambre de son Michele, qui était là, son Michele, qui écrivait, Mimì a caressé ses boucles, il lui a demandé

« Miché, tu aimes les filles toi ? » et il lui a répondu que oui, il aimait les filles, et Mimì lui a dit « Bien, c'est important. » Et Mimì ne sait pas, il ne sait pas, il a regardé son corps rose, la nuque de ce corps rose, cette chair silencieuse, il voudrait savoir, le pourquoi, Mimì, mais il ne comprend pas comment, alors qu'il était là avec son Michele, il a pensé à son père, à cette fois où ils étaient au stade, son père lui a ordonné de se lever, il lui a ordonné de l'accompagner, son père, au stade, aux toilettes du stade, il lui a dit que bon, il allait lui montrer comment on fait avec les filles. Il ne sait pas, Mimì, il a pensé à ça, et il a regardé cette nuque, la nuque de son Michele, ce jour-là.

« Dis-moi au moins pourquoi, Mimì. »

Il ne sait pas, Mimì, le pourquoi. Pourquoi ensuite il s'est penché et a embrassé cette nuque ? La nuque de son Michele. Et il lui a dit, à son Michele, « Miché, j'vais t'montrer comment on fait avec les filles. » Et les yeux de Michele sont devenus étranges, ils ont fixé Mimì, et pour Mimì c'étaient les yeux d'un cochon qui va être tué mais qui ne veut pas y croire, une chose comme ça, Mimì ne sait pas si c'est possible une chose comme ça, un cochon qui ne veut pas croire qu'il va être tué, il ne sait pas si c'est possible, Mimì, mais les yeux de son Michele étaient comme ça, à cet instant. Et Mimì ne sait pas, il ne sait pas pourquoi ce jour-là, devant son Michele, il a baissé la fermeture de son pantalon, quelques secondes, la main dans son pantalon.

« Je l'avais toute dure. Je l'ai sortie pendant que je lui caressais le visage, j'lui disais “Miché, c'est comme ça qu'on fait avec les filles”, j'lui disais, et je frottais ma queue sur ses lèvres, et il restait immobile, avec ses yeux de cochon silencieux qui va mourir, immobile, alors que j'lui disais d'ouvrir la bouche, et il ouvrait la bouche, et je le tenais par les cheveux, et je poussais, et je lui demandais “Pourquoi tu t'enfuis pas ?” et je poussais, “Pourquoi tu t'enfuis pas ?” et j'ai l'impression que ça a duré un instant, parce que moi, là, je me rappelle juste ses yeux écarquillés quand tout lui arrive dans la bouche, les yeux écarquillés, puis il arrête de me regarder, il se tourne de l'autre côté et vomit, vomit, vomit, et moi je rentre ma queue dans mon pantalon, je ferme ma braguette, je rejoins ma chaise dans le couloir, et j'allume la lampe, puis je l'éteins, et je pleure, et je tousse, et je pleure. »

Mimì glisse une main dans la poche intérieure de sa veste, il prend le revolver de Carmine, et Marta le regarde, le revolver, puis elle regarde Mimì, Mimì qui regarde le revolver, qui est chargé et armé, Mimì le pointe, le revolver, sur la bouche de Marta, puis il ferme les yeux, Mimì, il pense, un instant, il pense à une chose, Mimì, il pense à Jésus-Christ, et il espère qu'il lui pardonnera, Jésus-Christ, il espère qu'il leur pardonnera tous, Jésus-Christ, Mimì, il espère, puis à nouveau ce mot qui revient, dans sa tête, « basta », et il tire, Mimì, les yeux fermés, dans la bouche de Marta, les yeux fermés, Mimì, il tire, parce que les personnes, quand elles meurent, il ne les regarde pas, quand les personnes meurent il faut les laisser seules, alors il ferme les yeux, Mimì, « Marta, pourquoi tu t'enfuis pas ? » et il tire, il tire dans la bouche de Marta.

Maintenant il reste une chose à faire, aller dans la chambre d'Arianna, il le sait, Mimì, regarder sa bouche, à Arianna, penser à Jésus-Christ, penser que basta, dans le couloir sombre, le maudit couloir sans fenêtres, le couloir de cet appartement, cet appartement maudit au maudit septième étage, cet appartement que Mimì il ne voulait pas, maudit ce couloir sans fenêtres, sombre, maudit, cet appartement maudit, le couloir sombre à toutes les heures du jour sombre, sans fenêtres, et à mi-chemin, dans le couloir sombre sans fenêtres.

Arianna, là, à mi-chemin dans le couloir sombre, ça pue, ça pue la crasse, la sueur, la terre mouillée, elle voit son père, Arianna, dans le noir, elle lui demande : « Eh, mais pourquoi maman a crié ? » elle demande, Arianna, et : « C'était quoi ce bruit de pétard ? » elle demande, Arianna : « Quelque chose s'est cassé ? » Dans le couloir, Mimì a le revolver à la main, Arianna le regarde, et dans le noir elle le voit, le revolver, et elle le regarde, son père, dans le noir, son père sale, tous ses vêtements sales, de terre, de sueur, de sang, et son visage aussi, tout sale, de terre, de sueur, de sang, son père revolver à la main, Arianna le voit, une peur, une peur dans ses yeux et dans sa poitrine et dans ses jambes, Mimì la sent, la peur, Arianna a peur, elle dit : « Papa, mais qu'est-ce que tu fais ? », Arianna sent que ses jambes sont mouillées, ça commence à couler par terre, elle se fait dessus, Arianna, une peur, dans ses yeux et dans sa poitrine, dans le noir du couloir, le sol mouillé, Mimì la sent, la peur.

Et Mimì pense que c'est vrai, quelque chose s'est cassé, elle a bien compris, Arianna, quelque chose s'est cassé.

Il regarde la bouche de sa fille, sa bouche qui tremble, il la regarde, Mimì, et il pense que maintenant basta.

Basta ce tremblement.

16

VELI

Elle sautille devant mes yeux, tandis que je suis assis. Elle sourit comme si elle venait de découvrir un trésor. Ses cheveux dansent sur ses épaules, ses seins naissants tressautent. Une petite fille qui déballe un cadeau de Noël.

Elle pose les ciseaux sur la table. Ce sont des ciseaux à bouts ronds, ils étaient dans un des sacs noirs et je ne les ai utilisés que les premiers temps pour ouvrir les paquets de Würstel. Puis j'ai commencé à les ouvrir avec les dents. Et les ciseaux sont restés au fond du sac noir. Je ne sais pas comment elle a fait pour me tailler la barbe avec.

Il y a une heure elle m'a dit : « Mais t'as pas de rasoir ? » et je lui ai répondu que non, je n'avais pas de rasoir, ce n'est pas l'hôtel ici.

« Ah, voilà pourquoi c'te barbe est si longue », a-t-elle dit en hochant la tête presque déçue.

Alors moi, je ne sais pas pourquoi, je ne sais pas, j'ai repensé à ces ciseaux, abandonnés, graisseux. Et je lui ai dit que j'avais une paire de ciseaux, mais à bouts ronds.

Son visage s'est ouvert en un sourire surpris, elle a lancé : « Essayons quand même, allez ! »

Elle m'observe de près, frotte mon visage avec ses mains. Comme si elle le modelait. Je sens le parfum de la sueur sur sa poitrine. Une sueur qui appelle le jeu, la frénésie, des choses désormais impossibles pour moi.

« Parfait, dit-elle. Merde, dommage qu'y ait pas de miroir ici, si tu voyais comme t'es beau là. »

La barbe taillée et les cheveux coupés – je touche ma gorge, mon menton – je me sens plus léger. « *Beau*, non, sûrement pas.

– Mais qu'est-ce que t'en sais toi ? Moi, je suis une fille, et je sais si un homme est beau ou pas.

– D'accord. J'ai l'air d'un petit garçon, non ?

– Tu fais plus jeune, oui. Je t'ai dit : je maîtrise. T'as eu raison de te fier à moi. » Elle ne cesse de me regarder, de chasser les poils et les cheveux de mes joues et de ma poitrine. Ses yeux volettent d'un point à l'autre de mon visage. D'une couleur qui m'échappe, ces yeux. « Même si ma cousine est plus douée. C'est elle qui m'a appris.

– Oui, tu es douée. Je me sens plus léger.

– Ben normal, tu ressemblais à un sanglier ! Tu étais comme ça depuis combien de temps ? »

Elle vient dans mon dos, essuie ma nuque avec une serviette en papier. Elle tient ma tête en pressant ses doigts sur mon cou.

Ce contact est étrange. Humide et doux. J'ai un frisson. Un frisson que j'ignore – qui me force à ignorer.

Je ne veux pas lui répondre. Elle a compris maintenant que mes peurs équivalent à des silences que je refuse de remplir. Contrariée : « Alors, dis-moi. Depuis combien de temps tu ne prends plus soin de toi ? »

Je soupire. « Depuis que je n'ai plus de raisons de le faire. »

Évidemment cette réponse ne lui suffit pas. Au contraire, elle accroît sa curiosité. Et c'est peut-être ce que je voulais. Peut-être.

Avec cette fille je ne sais plus ce que je veux. Avec cette fille mon inconscient se renverse sur moi, tel un encrier sur une feuille, il tache toutes mes pensées. Avec cette fille je risque de ne plus rien comprendre – même de ce que je suis.

Et ce ne serait peut-être pas un mal : ne plus rien comprendre, renoncer à toute prudence.

Peut-être. Je ne sais pas.

« C'est-à-dire ? Quelles raisons ? »

Je sens ses mains sur mon cou et ma nuque, alors qu'elle m'essuie. Ses paumes chaudes, ses doigts froids et moites. Et doux.

« Disons que je n'ai plus de raisons de faire des efforts pour plaire à quelqu'un. »

Je m'attends à un nouvel élan de curiosité. Cette fois, non. Elle ne réplique pas.

Elle revient devant moi, scrute chaque centimètre de mon visage pour chasser tous les poils. Quelques secondes de silence. De temps en temps elle frotte mon menton, une pommette. Ses yeux bougent encore plus vite maintenant, comme si un point se déplaçait sur mon visage et qu'elle faisait tout pour ne pas le perdre de vue. Ses yeux, si rapides, semblent privés de couleur : un scintillement indéfini, un clair-obscur flottant sur ses traits.

Soudain elle demande, sèchement : « Des femmes, ici, y en a déjà eu ? »

Ça je peux le dire. Mais pourvu qu'elle n'aille pas trop loin, après. « Une seule. »

Elle met ses yeux à hauteur des miens. Une couleur que je n'avais pas encore perçue. Une couleur complexe et inattendue. Je la découvre seulement maintenant. Elle est belle. Trop, peut-être. Tout, avec cette fille, est peut-être *trop*.

Elle pince mon menton entre son pouce et son index. Elle déploie un sourire inattendu, qui sème son haleine sur ma bouche. Ça sent bon. Trop, peut-être. Et son sourire s'étire. Allusif. « Et alors ? Vous avez rien fait ? »

Je la regarde, sourcilleux, surpris. Mais à quoi jouet-elle ? Je repousse sa main et me lève, en lançant : « C'est quoi ces conneries, Nicole ? »

Vexée. Elle reste là à me fixer, et proteste : « C'était juste une question ! Parce que je sais que vous, les hommes, vous pensez qu'à une chose. Juste une question. Putain…

– Pas de gros mots, dis-je en rejoignant le matelas.

– Tu vas mettre plein de poils sur le lit là. Il faut te laver, avant.

– Comme si le lit était propre, hein ? Il est déjà dégoûtant », je grogne en m'allongeant et en lâchant un soupir épuisé.

« Si une chose est dégoûtante, c'est normal de la rendre encore plus dégoûtante ? » me demande-t-elle avec une gravité qui me désarçonne.

« Quoi ?

– Cet endroit pourrait être moins dégoûtant. Mais toi, au lieu d'éviter que ça empire, tu t'en fiches. Si une chose est dégoûtante, t'en rajoutes une couche. »

On dirait qu'elle parle de ma vie. Je me tais.

Chaque fois qu'elle parle de cette manière, comme si elle se détachait d'elle-même et accédait à une autre personnalité, elle me trouble. C'est arrivé lorsqu'elle a raconté son histoire avec Michele. J'ai éprouvé une confusion incontrôlable. Sa voix semble changer, elle devient plus dense, plus dure. Définitive.

Qui ai-je devant moi ?

Elle change, cette fille. Elle change et reste elle. Et elle semble capable de faire changer aussi ceux qui sont à côté d'elle, avec elle.

Et avec elle, là, il y a moi. Et je regarde ses bras bronzés. Lisses, rien qu'au regard.

Elle remarque mes yeux qui s'attardent, elle frotte ses bras sur sa robe.

« Je l'ai déjà fait, tu sais. Avec mon copain de Milan, dit-elle derrière le rideau.

– Quoi ? je réponds mécaniquement, en tournant les pages du livre, comme d'habitude sans le lire.

– L'amour. L'été dernier. Il était en vacances ici, sa famille est de Lecce. Sur la plage, on l'a fait. Il a assuré, il m'a même pas fait mal. Mon amie Samantha, incroyable, elle m'a raconté qu'elle pouvait plus marcher pendant deux jours après sa première fois. Mamma mia… ouf, mon copain à moi, il a assuré. Il a commencé avec ses doigts, même. Il m'a pas fait mal du tout, vraiment. »

Cette fille.

Elle essaie sans doute de m'embobiner pour que je la libère.

Ou non.

Non.

Nos vies ne se résument pas au cauchemar d'être enfermés là-dedans.

« Nicole, s'il te plaît, je ne veux pas que tu me parles de ça. C'est perturbant. »

Elle éclate de rire : « Carrément ! Perturbant ? Ce sont des choses naturelles j'te rappelle ! »

Je ferme le livre. Je ferme les yeux et, en les frottant, me vient en tête une chose que je ne voudrais pas : son corps nu, ses bouts de seins que j'imagine pleins et petits, sa peau claire à l'emplacement du soutien-gorge.

J'ouvre grand les yeux, mon estomac me brûle. Qu'est-ce que je fous ?

Non.

Stop.

Alors.

Je dois revenir à des choses plus légères.

La faire rire.

Jusqu'à maintenant ça a fonctionné. Quand elle rit elle renoue avec sa nature la plus authentique, elle est à nouveau en équilibre sur ce fil entre son être petite fille et son être quelque chose en plus. La faire rire en parlant un peu grossièrement, en incarnant un personnage bourru et maladroit. Je crois que c'est comme ça qu'elle me voit. Et je crois qu'il lui plaît, ce personnage à moitié joué et à moitié vrai.

J'accorde ma voix : « Ouais, mes copines au lycée disaient toutes ça : "Ce sont des choses naturelles." Et c'était une excuse pour faire les putes. »

En effet, elle explose de rire. « Veli ! » Elle continue de rire.

J'en remets une dose : « J'les appelais les "putes naturelles". »

Elle ne s'arrête plus.

Du néant tu me fends le cerveau. Toi, comme tu n'as jamais été. Toi dans une maison, avec moi, dans une maison à nous. Toi dans la salle de bains. Moi qui de la chambre te parle de mes copines du lycée. Toi qui éclates de rire. Toi qui ensuite reviens te coucher, à côté de moi. Tu me dis que je suis un casse-couilles rétrograde. Tu m'embrasses. Tu éteins la lumière.

Je cligne les yeux. Tout me fait mal. Pas seulement le dos, pas seulement l'estomac. Le cerveau. Comme quand on mange une glace trop rapidement.

Je suis fatigué. C'est toi qui me fatigues – chaque pensée de toi.

Je l'entends sortir de derrière le rideau. Elle rit encore. J'évite de la regarder.

« T'es un vrai casse-couilles ! Nous on est des filles qui veulent juste s'amuser, comme dit la chanson. » Elle s'interrompt. « Qu'est-ce que tu as ? » me demande-t-elle.

Le fleuve d'Héraclite.

« Rien », je réponds. C'est très beau de s'entendre poser cette question. Je ne l'avais jamais remarqué, jusqu'à ce moment. « Qu'est-ce que tu as ? » C'est très beau. « Rien. Mais c'est gentil de me le demander. »

Elle s'approche de moi. Elle s'assied sur le matelas. Je ne détache pas mes yeux du plafond. Elle prend le livre. « *La Belle et la Bête*. Elle est connue cette histoire. Y a même eu un dessin animé. Tu la connais, non ?

– Oui, plus ou moins. Tout le monde la connaît », je lui réponds, les yeux perdus au plafond. En essayant de laisser partir ton image, la laisser partir dans le noir du fleuve d'Héraclite. Encore une brûlure froide dans ma tête.

« Ce matin, pendant que t'étais là à rien faire, je l'ai lu », me dit-elle en feuilletant rapidement les pages avec son pouce.

« J'ai vu que tu lisais. »

Du coin de l'œil je vois qu'elle ferme le livre et me regarde. Moi aussi je la regarde maintenant et les images de toi sont remplacées, en un instant, par celles de Nicole : je n'arrive pas à m'opposer à moi-même, je n'arrive pas à m'arrêter en la voyant assise là sur le lit, sans vêtements. Une goutte de sueur glisse dans mon oreille.

« Veli.

– Oui.

– Je pensais à une chose.

– À quoi ? »

Elle tend un bras vers moi. Sur le coup, je suis persuadé qu'elle va mettre sa main entre mes jambes. Mais elle saisit mon poignet. Et le serre.

« Je pensais que si tu m'épousais, par exemple, ils pourraient rien me faire. »

Je souris spontanément. Un sourire pas vrai. Je ferme les yeux toujours avec ce sourire. Dans l'obscurité de mon regard fermé elle est nue à présent, et penchée sur moi.

Je ne réponds pas. Je garde seulement les yeux fermés, en souriant. En réalité je crois que ce sourire s'adresse à moi-même : à l'être dégoûtant que je suis devenu ces trois derniers mois, au monstre qui loge dans mon cerveau tandis que je cède à la pensée d'une enfant qui me la suce.

Je secoue la tête, ouvre les yeux et regarde à nouveau le plafond.

« C'est vrai », elle est grave. Elle serre mon poignet plus fort. « C'est vrai, Veli. Entre eux ils se font pas de mal, hein ? Enfin, ils toucheraient pas à la femme de quelqu'un qui est avec eux. »

Je libère mon poignet de son étreinte et le pose sur mon front. Je sens la moiteur de ses doigts. Je me tourne vers elle. Je voudrais lui dire que je la protégerais de tout, si je pouvais. Je voudrais lui demander pardon pour mes pensées.

Je mords ma lèvre inférieure – pour ne pas crier.

« Je suis pas avec eux.

– Alors laisse-moi m'enfuir, si t'es pas avec eux.

– Je peux pas, tu le sais.

– Tu pourrais.

– Ils me tueraient.

– Moi aussi ils vont me tuer, si je reste là.

– Peut-être qu'ils vont changer d'avis. Si tu t'enfuis ils te trouveront, sans doute. Et quand ils te trouveront, alors, ils te tueront, c'est sûr.

– Partons ensemble. Pourquoi tu t'es jamais enfui ? Tu avais peur parce que tu étais seul ? T'es plus seul, là. Partons ensemble. Veli, vraiment. Partons. T'es plus seul, là.

– Tu crois que j'y ai jamais pensé, à m'enfuir ? Je suis peut-être idiot, oui, je suis peut-être un *caneminchia*, mais pas à ce point-là. Je suis pas con à ce point-là. Ils me trouveraient tout de suite. Ils trouvent tout le monde, tout de suite, comme ils t'ont trouvée toi. Sauf si tu sais exactement où aller et comment y aller. Et moi, j'ai pas d'endroit où aller. J'en ai jamais eu.

– Moi non plus j'ai pas d'endroit où aller.

– Alors…

– Alors ?

– Rien. Alors quoi ? On reste là. Et on attend. On verra ce qu'ils décident. On verra. »

Elle reprend le livre. Elle cherche rapidement une page. Elle la trouve, elle se lève. Je fixe ses genoux sales.

Elle commence à lire. Elle lit bien, scande les mots. Sa voix expressive. Sa voix qui tremble. Sa voix qui est une autre facette de ce qu'elle est : ni une enfant, ni une femme. Une créature qui me fait haïr cette bête en cage que je suis devenu.

« *La Belle découvrait chaque jour de nouvelles bontés dans ce monstre, l'habitude de le voir l'avait accoutumée à sa laideur, et loin de craindre le moment de sa visite, elle le désirait. Une seule chose faisait de la peine à la Belle : c'est que la Bête avant de se coucher, lui demandait toujours si elle voulait être sa femme, et paraissait pénétrée de douleur lorsqu'elle disait que non.* »

Elle ferme le livre. Nous nous regardons.
Elle me demande : « Ça te plaît ? »
Ça me plaît. « Oui », je réponds.
« Je suis la Bête. » Elle tremble.
« C'est pas vrai. »

« Je suis la Bête.
– C'est pas vrai.
– Je suis la Bête.
– C'est pas vrai. »

C'est vrai.

Je transpire. Mon estomac me brûle tellement que j'ai du mal à bouger.

J'ai un haut-le-cœur, je cours vers la salle de bains. Je passe à côté d'elle et je sens qu'elle tremble. Je sens qu'elle va bientôt pleurer.

Je me penche au-dessus de la cuvette et mes genoux tapent fort sur le sol. Je vomis bruyamment. Je peine à me relever. J'ai presque l'espoir qu'elle vienne me demander si j'ai besoin de quelque chose, si je vais bien. Mais je sais qu'elle pleure, c'est tout ce qu'elle peut faire.

Quand je reviens, cependant, elle ne pleure pas. Elle est debout, sur le matelas. Les yeux mouillés et féroces. Le couteau à la main.

« T'approche pas.

– Nicole arrête, nom de Dieu, arrête.

– Je vais m'enfuir toute seule, si tu veux pas. Je vais te tuer et m'enfuir.

– Pose ça. Ne m'oblige pas à utiliser la force.

– Utilise la force, bon Dieu ! Utilise la force, fais-moi voir !

– Nicole, s'il te plaît.

– Si tu t'approches j'te tranche la gorge. »

Un bruit de clés. Un grincement de porte qui s'ouvre.

Une quinte de toux.

17

MIMÌ

Il sourit, Mimì, paisible. Il se sent léger, serein, et il aime savoir son visage couvert de terre et de larmes, il aime le contact de ses habits crasseux, libérant de la poussière à chaque mouvement.

« Eh, les jeunes… mais qu'est-ce que vous fricotez ? » Ça lui plaît, à Mimì, là, de regarder Veli, qui lance un regard désemparé à la gamine. Veli qui dit, à mi-voix : « Rien, Mimì, rien, un petit moment d'agitation. »

Mimì s'approche de Nicole et, comme si c'était un geste anodin, il lui enlève le couteau des mains. Il aime cette arme, Mimì. Ce qu'il aime, surtout, c'est le fait que la gamine la tienne dans sa main, prête à s'en servir.

Il caresse la lame, Mimì. Puis, de la même manière, il caresse Nicole, sans la regarder – ce n'est pas encore le moment de la regarder, non.

Il s'approche de Veli, le caresse lui aussi : « Tu es en pleine forme, mon ami. Un sacré beau jeune homme, oui. »

Il regarde Nicole, en montrant Veli : « C'est toi qui l'as pomponné ? » Il n'attend pas la réponse. « Alors vous êtes devenus intimes. »

Fixant le couteau, caressant encore la lame : « Une femme qui fait la barbe à un homme est une chose précieuse aujourd'hui. J'ai lu dans un livre qu'Alessandro Magno se faisait raser chaque jour par une femme différente. Vous le saviez ? Cet Alessandro Magno est sans doute mon personnage historique préféré. Une vie brève vécue intensément : la preuve que mourir jeune n'est pas toujours aussi dramatique qu'on le pense. On peut faire tant de choses en peu de temps. Si on nous laisse les faire, évidemment. Enfin, mettons de côté la philosophie. »

Il rit, avec une quinte de toux.

Il caresse à nouveau Veli.

« Vous êtes devenus intimes. Bien, bien, ça me fait plaisir. Asseyez-vous. »

Mimì reste debout, les mains derrière le dos. Il les regarde, tous les deux, et sourit, tandis qu'ils bougent lentement, lui pour s'asseoir sur le matelas, elle sur la chaise.

« Écoute, Mimì…

– Tais-toi, Veli. Dis-moi, Nicole, vous vous disputiez ? Veli t'a maltraitée ? »

Nicole ne répond pas.

« C'est pas son genre, à notre cher Veli. Il s'est toujours conduit en honnête homme. Même trop honnête, parfois. N'est-ce pas, Veli ? » Mimì sourit à Veli, captant dans ses yeux cette terreur habituelle et agaçante de *caneminchia* battu. Puis il regarde les jambes de Nicole, y promène ses yeux, des chevilles aux cuisses.

Mimì sent sa voix qui glisse entre ses dents, et cette sensation lui plaît, ça lui plaît cette voix qui s'échappe de sa bouche, incontrôlable : « Jolie petite, hein, Veli ? Jolie petite.

– Il ne s'est rien passé, Mimì, elle est juste nerveuse. Elle a peur. Voilà. C'est juste la peur, rien d'autre. »

Mimì sourit à Nicole, un sourire qui se veut paternel – mais lui sait qu'en réalité il est horrible, ce sourire, et ça lui plaît, ça lui plaît de faire un sourire aussi horrible. Il s'agenouille devant elle : « Tu as peur, Nicole ? » Il passe une main dans ses cheveux, la caresse, l'embrasse sur le front – en souriant, toujours pareil, avec sa voix qui glisse entre ses dents, toujours pareil : « Il ne faut pas, il ne faut pas. »

Il l'embrasse sur les lèvres, doucement, un baiser long et immobile. Lui les yeux fermés, elle les yeux grands ouverts. Puis enfin, il la regarde.

Sans sourire, maintenant, Mimì. « À moi tu ne m'as pas dit “Non”, Nicole. Et tu ne ris pas, là. Non. » Il passe la lame du couteau sur ses lèvres : « Quelle vilaine chose, Nicole. Quelle vilaine chose tu as faite. »

Il se remet debout, Mimì. Il sort un mouchoir d'une poche de son pantalon : « Bon, on y va. » Il s'essuie la bouche. L'air dégoûté : « Tu pues, ma p'tite. Mamma mia. T'as une odeur de merde. » Il crache par terre, aux pieds de Veli – qui ne bouge pas d'un millimètre, un *caneminchia* pétrifié qui attend sa punition.

Mais la gamine ne se lève pas, elle reste assise là, elle fixe le crachat de Mimì sur le carrelage, immobile, telle une statue. Mimì fait claquer ses doigts près de son visage, et finalement elle parle, d'une voix plate, une statue qui parle, les yeux toujours rivés sur le sol : « Qu'est-ce que vous m'voulez ?

– Rien, fais confiance à ton Mimì. »

Soudain Mimì se retrouve avec la gamine à genoux devant lui, qui s'agrippe à ses chevilles et parle à toute allure, sans respirer : « Je voulais pas, non, vraiment, je voulais pas, moi, je jure sur Dieu que j'imaginais pas, pardonnez-moi, je vous en prie, je ferai tout c'que vous voulez, me tuez pas, je vous en prie. »

Mimì est fatigué. Il est fatigué par son visage sale et ses habits sales maintenant. Elle lui a donné la nausée, cette gamine, comme les odeurs de la cuisine de sa mère, comme l'odeur des mains de sa femme.

Basta, pense Mimì. « On ne jure jamais sur Dieu. Allez, lève-toi et partons. »

Elle ne bouge pas, elle serre ses chevilles, pose son front sur ses chaussures souillées de sang et de terre.

Mimì n'est plus Mimì.

Il entend un cri – et c'est lui qui crie.

Il sent la gamine trembler sur ses chaussures.

« Lève-toi ! »

Et elle se lève maintenant, comme tirée de force par le cri.

Et Mimì, qui n'est plus, crie encore : « Regarde-moi ! »

Elle obéit, et Mimì découvre deux choses qu'il n'avait jamais vues avant : pas des yeux, autre chose.

Mimì redevient lui, comme s'il revenait, alors que ces deux choses là devant le fixent, ces deux yeux mouillés qui ne sont pas des yeux mouillés, mais autre chose. Autre chose.

Mimì revient, il redevient Mimì. Il se sent à nouveau là. Il voudrait pleurer. « J'le comprends, mon Michele. J'le comprends », et il fixe ces yeux.

Mais il ne peut pas pleurer, Mimì, il ne peut pas.

Basta.

« Veli, mon ami. Demain matin Carmine viendra avec les provisions. Tu as besoin de quelque chose de particulier ?

– Non, Mimì. »

Mimì tend une main vers le cou de Nicole, il le caresse et continue de la regarder dans les yeux.

« Tu as apprécié la compagnie de la petite, Veli ? Tu t'es attaché ? »

Il tousse, Mimì, postillonnant volontairement vers elle. « Vous avez des affinités, je suppose. » Il rit, en toussant, encore. Puis, finalement, il abandonne ces yeux. Il regarde Veli et demande : « Elle a fait des histoires ? Je veux dire, à part cette scène déplaisante que j'ai heureusement interrompue avant que n'arrive le pire. Ou le meilleur. Selon les points de vue. » Et il rit fort, Mimì, en toussant et crachant. Et il entend à peine la voix de Veli qui, dans un murmure : « Non, Mimì, aucune histoire.

– Bien », dit Mimì en respirant difficilement et en cessant de rire. « Aujourd'hui c'est dimanche. »

Il soupire. Il repasse son mouchoir sur sa bouche. Il regarde le plafond. « Dimanche. J'me rappelle, une fois, mon père m'a emmené au stade. Un dimanche. » Remonte dans sa gorge cette voix qui se faufile entre ses dents : « Mon père, une fois, m'a emmené au stade. Moi, j'ai pas de fils à emmener au stade le dimanche. Plus. »

Il laisse le couteau sur la table, prend Nicole par la main, serre fort ses doigts. Il est presque obligé de la traîner pour sortir, parce qu'elle ne bouge pas : elle reste plantée face à Veli, le souffle court. Pour Mimì elle ressemble à une bête, maintenant, cette gamine, prête à attaquer. Avec ces yeux – ces yeux si féroces.

« Fais quelque chose ! » Nicole se jette sur Veli. Elle le gifle avec frénésie, en criant, en pleurant. Des pleurs que Mimì trouve très beaux. Ça lui plaît. Ce ne sont pas des pleurs de peur ou de désespoir, non : c'est un abandon. Ça lui plaît à Mimì, il les envie presque, ces pleurs. Il sourit, en voyant Veli qui reste assis et subit les coups. Il semble acquiescer, Veli, sous les gifles et les poings. Un *caneminchia* qui reçoit, enfin, sa punition.

Mais bientôt, Mimì dit : « Basta. » Il tire la gamine vers lui, violemment. Il la prend par la taille et la traîne jusqu'à la porte. « Allez basta, basta. Fais pas d'histoires, basta. »

Et Mimì n'est plus Mimì, à nouveau.

Alors qu'il tend la main vers la poignée de la porte blindée, Mimì se sent disparaître. Il ne se sent plus,

Mimì – il ne sait plus rien de lui-même, Mimì ; en un instant, il a disparu, Mimì.

Nicole crie.

Et Mimì revient.

Il lui donne un coup de poing au visage. Il frappe fort. Un bruit d'os qui se brise. Nicole s'effondre, sa tête heurte le sol. Elle se tait.

Mimì se tourne vers Veli, il regarde son visage maigre, blanc, ses yeux baissés. « Pourquoi tu t'enfuis pas ? Pourquoi personne ne fuit devant moi ? »

Veli lève les yeux et semble presque sourire : « On peut pas s'enfuir, Mimì. On peut pas. »

Mimì reste muet. Lui aussi semble presque sourire. Il secoue simplement la tête. Il soulève la gamine de terre et la cale sur son épaule.

Il ouvre la porte, il sort. Sans donner de tour de clé.

La maison avec les arbres derrière. Vincenzo, devant la maison, Vincenzo qui n'est plus que vomi, vin et nourriture d'un dîner de jeunesse entre amis, là, vomissure, par terre, Vincenzo. Mimì s'est garé sur lui.

Il se tourne, Mimì, regarde la maison, la maison de son grand-père, grand-père Pippi, grand-père Pippi qui est mort là devant, devant ses yeux.

Mimì s'en souvient. Il s'en souvient trop bien. Vincenzo et lui dans la voiture, la nuit, son père qui sort de la voiture, va vers grand-père Pippi, là, devant cette maison, et son père qui tire, tire dans la bouche de grand-père Pippi.

Mimì est là debout. Plus ou moins à l'endroit où grand-père Pippi est mort.

Mimì est là debout, il regarde la maison. Derrière cette maison les arbres, ses arbres. Il va vers les arbres, Mimì. Sous ces arbres des morts, il ne sait pas combien de morts, enterrés là, sous les arbres, des morts dont personne ne sait rien, seul lui sait. Des morts qui appartiennent à cette terre, sa terre rouge, pense Mimì maintenant, il a l'impression de marcher sur une terre faite de corps, sur les dos putréfiés des morts, sur les visages décomposés des morts, il regarde la terre, Mimì.

Et il pense à Michele, Mimì, Michele qui est pareil maintenant, avec les vers, Michele appartient aux vers maintenant, il n'est plus à lui, maintenant, Michele, dans la terre, son Michele appartient aux vers maintenant, putréfié et décomposé, dans la terre, les vers, Mimì se frotte les yeux, il tousse, le silence, la chaleur, il tousse fort, tandis qu'il laisse tomber la gamine par terre, et va chercher le bidon d'acide.

Mais Mimì n'est plus Mimì. Il est ailleurs.

Comme s'il n'était pas sorti de cette maison, comme s'il était resté à l'intérieur avec Veli, il ne suit plus son corps, Mimì, il est sorti, dans l'air de la campagne, mais il n'est pas ici, sa tête n'est pas ici, et ses yeux et son corps ne semblent pas ici non plus, il est presque effrayé, Mimì, d'avoir perdu toute trace de lui-même, d'avoir laissé une partie de lui-même à l'intérieur, avec Veli, Veli qui reste assis là, immobile, et Mimì qui ne devrait pas être là, mais qui semble être là, et il voit Veli qui couvre sa bouche avec ses mains, comme s'il allait vomir, il le voit, Mimì, il voit Veli qui respire profondément, le regard fixé sur un point du carrelage, Mimì voit Veli qui, en appuyant ses mains sur la table, se lève, lentement, Veli qui respire encore profondément et met une main sur sa poitrine, Mimì ne devrait pas être là, il devrait être dehors, pourtant il est encore là : avec sa tête, avec ses yeux, il voit Veli, Mimì, Veli qui reste comme ça, la main sur la poitrine, fixant un point en hauteur, un point au plafond, Mimì voit Veli qui abaisse son regard vers le couteau resté sur la table, il voit qu'il le prend et va derrière le rideau, vers le lavabo, il reste là derrière quelques minutes, Veli, face au blanc du lavabo, Mimì le voit, comme s'il était encore là, puis soudain, dans un sursaut, il s'agite, Veli, Mimì le voit, Veli, qui n'est plus tel qu'il a toujours été, il n'est plus un *caneminchia*, maintenant c'est une bête qui attaque, Veli, qui court vers la porte, en criant, Veli, en criant, il court, vers la porte.

Et Mimì n'est plus rien.

18

NICOLE

Engourdie (*euphémisme*). Morte, peut-être.

Mes yeux qui ne s'ouvrent pas.

Mamma mia. Je ne comprends rien.

J'ai l'impression de n'avoir que ma tête.

Mes pensées.

Le reste n'existe plus.

Yeux, jambes, bouche, bras et tout le reste. Rien.

Rien ne bouge.

J'ai l'impression de n'avoir que mes pensées. Mes pensées, et c'est tout.

Engourdies, mes pensées.

Ah, les voix, aussi, dans ma tête.

J'ai l'impression que dans ma tête il y a la voix de ce couillon de Milanais. Incroyable.

« Mais qu'est-ce qui s'est passé ? Que disent les médecins ? Elle va se réveiller ? »

Écoute-le, tout inquiet. On dirait qu'il pleure, presque. Si seulement, si seulement il pleurait : au moins je saurais qu'il est sensible à quelque chose.

O.K. : je rêve, ou je suis morte, voilà, c'est clair.

« Oui, oui, le docteur est venu, il dit qu'elle va se réveiller. »

Merde, mais c'est Samantha.

C'est quoi ce truc ? C'est l'enfer : je suis morte et ça c'est l'enfer.

Mamma mia, je veux crier, je veux crier.

Je n'ai plus rien, même plus de bouche, mamma mia.

« Mais qu'est-ce qu'elle a ? Mon Dieu, je ne peux pas la voir comme ça… »

Attends. Elles sont vraies, ces voix ? Ce ne sont pas des pensées, non.

Il ne peut pas me voir comme ça ? Comment comme ça ?

Mamma mia, si seulement j'étais moins engourdie, mamma mia.

« Hélas, il s'est passé un truc grave. »

Un truc grave ?

« Un truc grave ? Bon, explique-moi, s'il te plaît : je comprends rien, putain. »

Eh, tu comprends jamais rien, couillon de Milanais.

« Attends, j'vais t'expliquer. Mais calme-toi, O.K., assieds-toi, t'es en sueur. »

Sacrée Samantha, toujours à rapporter les emmerdes des autres. Elle n'attendait que ça, évidemment.

Et là, elle va peut-être même en profiter pour draguer le Milanais.

La crevarde.

Si quelque chose fonctionnait encore, putain, au moins une partie de mon corps, je lui apprendrais moi, à cette conne, je lui apprendrais.

« Alors, concrètement : c'est Danilo qui m'a tout expliqué, le cousin de Michele Maradona.

– Michele comment ?

– Michele Maradona. Un gars qui s'est suicidé parce qu'il était amoureux de Nicole.

– Amoureux de Nicole ? Putain mais… »

C'est ça, depuis quand t'es jaloux, toi ?

Couillon.

Va te faire foutre, toi et tout Milan.

« Oui, pauvre Michele Maradona, il s'est tué. Bref, Danilo m'a raconté ce qui s'est passé. Une histoire qu'on arrive pas à croire au début, vraiment, une histoire dingue. Mais moi, Danilo, je l'ai cru tout de suite, parce qu'il est pas du genre à rigoler, lui. Pire, c'est un de ceux qui quand tu l'vois te fout une espèce de trouille, enfin, il a une tête qui fout la trouille. Quand tu l'vois avec ses piercings, son blouson de cuir, enfin, c'est quelqu'un qui rigole vraiment pas, quelqu'un d'inquiétant, disons. Bon, enfin, ce qu'il m'a raconté ressemble à ces trucs qu'on raconte pour impressionner, disons. Et du coup moi, normal, en l'écoutant raconter certains trucs, j'ai un peu halluciné. Enfin, j'me suis dit : Mais vraiment ? C'est vraiment ce qui s'est passé ? Enfin, c'est normal qu'on y croie pas tout de suite. En tout cas, moi, je l'ai cru tout de suite. »

O.K., mais il s'est passé quoi putain ?

Je voudrais comprendre, oh.

Je suis déjà assez engourdie.

Samantha est capable de m'engourdir encore plus que je le suis. Incroyable.

« O.K., mais il s'est passé quoi putain ? Nicole est là à moitié morte et j'ai toujours pas compris ce qui s'est passé ! »

À moitié morte ?

Mamma mia.

« Eh, attends ! Calme-toi, reste assis, t'es tout transpirant. »

Oui, voilà, tant que t'y es tu pourrais peut-être lui tailler une pipe pour le détendre, non ? Merde, si j'arrivais à bouger je lui apprendrais à cette conne.

« S'il te plaît, je viens d'me taper seize heures de train. J'ai pas dormi et pas mangé depuis je sais pas combien de temps. Je veux juste comprendre ce qui s'est passé.

– Mon pauvre, ça se voit, t'es tout pâle. Mais la maman de Nicole va arriver, t'inquiète, elle aura sûrement des choses à manger. »

Sacrée Samantha.

Le Milanais va la tuer, là, je crois.

Si seulement, si seulement il pouvait la tuer.

Écoute, écoute-le soupirer. Là, il va la tuer.

Mon Dieu, quelle fatigue.

Samantha, je t'en prie : dis-moi ce qui s'est passé.

Dis-moi pourquoi je suis comme ça.

Je n'en peux plus.

Je me sens si fatiguée que j'ai envie de pleurer.

Je n'ai même pas de larmes.

Je n'ai plus rien.

Juste cette envie de pleurer.

Je dois comprendre. Je t'en prie, Samantha.

Que m'est-il arrivé, Samantha ?

« Bref, où j'en étais… En fait, pendant ce temps-là, on comprenait rien dans le village. Les jours après cette affaire de Michele Maradona. Enfin, on disait tout et son contraire. Et bon, à un moment donné, plus de Nicole. Disparue, enlevée, enfuie, on comprend pas. Par contre on trouve sa mère, avec un bras cassé. Et son père aussi, le pauvre, le père de Nicole, on l'aimait tous bien le père de Nicole, une belle personne vraiment, on l'aimait bien, le pauvre. Enfin, à un moment donné on trouve le père de Nicole. Mort.

– Mort ?

– Mort, tué par balle. La tête en bouillie.

– Et tu m'dis ça comme ça ?

– Comment veux-tu que j'te l'dise ?

– Mais c'est affreux…

– Eh, je sais. Il paraît qu'on lui a tiré dans la bouche, carrément. Et pendant ce temps toujours pas de Nicole. La merde, vraiment. Et puis, au bout d'un moment, c'est devenu encore plus la merde, un de ces merdiers, on était tous là à se demander : Mais qu'est-ce qui se passe ? Comment c'est possible ? Puis Danilo est venu, le cousin de Michele Maradona. Parce que le père de Danilo était le frère du père de Michele Maradona. Il est mort y a quelques années, le père de Danilo, le pauvre, on a jamais compris comment il est mort. Enfin bref, il est venu et il m'a tout raconté, à moi, Danilo. Il m'a tout raconté, Danilo, parce que bon, on est plus ou moins ensemble, lui et moi. Une relation compliquée, disons, mouvementée, voilà. Passons. Et l'histoire qu'il m'a racontée est vraiment incroyable. Mais bon, Danilo, il est pas du genre à rigoler, alors je l'ai cru tout de suite. En clair, Danilo, il en pouvait plus. Parce que ces derniers jours il sentait un poids en lui. Et quand on l'voit Danilo, avec son air toujours sérieux, ses piercings, son blouson de cuir, on l'imagine pas avec un poids en lui. Enfin, Danilo m'a dit clairement qu'il en pouvait plus. Parce qu'il savait tout. Et lui, tout ce qu'il savait ça le rendait malade. Alors Danilo a fait un truc incroyable. En clair, là, Danilo est sous escorte. Tu t'rends compte ? Danilo a toujours des flics avec lui, en clair. Même la nuit, les flics devant chez lui. Bref, c'est dingue. Et bon, Danilo avait ce poids en lui. Parce que Nicole, quelques jours avant, était allée dans sa classe, à Danilo, et elle l'avait appelé, elle lui avait demandé de sortir pour parler avec elle, mais il a fait semblant de pas la voir. Parce que Nicole avait parlé avec Noemi, une amie à nous, et Noemi lui avait expliqué que le père de Michele Maradona voulait la tuer.

– Attends, attends : la tuer ? pourquoi ?

– Ben pour venger son fils, disons. Parce que Michele Maradona s'était suicidé à cause de Nicole, selon le père de Michele Maradona. Et le père de Michele Maradona, c'était le chef de la Sacra.

– La Sacra ?

– Oui, enfin, la mafia.

– La mafia ?

– Eh oui. Mais crie pas, parle moins fort. Et bref, Danilo a pas voulu parler à Nicole, ce jour-là. Normal, on aurait tous fait pareil : ce sont des choses trop graves. Danilo a fait semblant de pas la voir. Mais du coup après, un poids en lui, le pauvre, va savoir dans quel état il était, Danilo, ce jour-là. Et bon, voilà, à un moment donné Danilo a dit basta. Et il est allé à la police. Vraiment, Danilo est allé parler à la police, il a tout expliqué. Enfin, il a dit à la police qu'il savait où ceux de la Sacra emmenaient leurs ennemis. Il a raconté que son oncle Mimì l'emmenait de temps en temps là-bas, dans cet endroit, et que parfois son cousin, Michele Maradona, venait aussi avec eux. Et il a dit que s'ils voulaient il pouvait les accompagner là-bas, parce que selon lui c'était dans cet endroit qu'ils retenaient Nicole.

– Et elle était là-bas, Nicole ?

– Attends, écoute ! Bon, ça faisait des jours que la police comprenait rien : des personnes tuées, des bras cassés, des disparitions. Alors Danilo est monté dans une voiture de police. Et il les a emmenés dans cet endroit où ceux de la Sacra enferment leurs ennemis. Un endroit qui, enfin, Danilo m'a dit que c'est une de ces maisons impossibles à trouver, perdue au fin fond de la campagne. Une maison avec un immense terrain autour, des oliviers derrière. Une maison qui, on sait pas très bien, mais apparemment cette maison appartenait aux grands-parents de Mimì, un truc comme ça.

– Mimì c'est le père mafieux de Michele Maradona ?

– Oui, oui, mais tu m'écoutes quand je parle ? Mamma mia, ça fait une heure que je t'explique.

– Oui, mais on comprend rien à c'que tu dis…

– T'as qu'à m'écouter, et tu comprendras. Et puis y a des choses que tu dois pas dire trop fort.

– Quelles choses ?

– Que Mimì est un mafieux. Ça, tu dois pas l'dire trop fort.

– Pourquoi ? Personne nous entend.

– On sait jamais. Bon, laisse-moi t'expliquer.

– Oui, j'aimerais bien, j'ai pas encore compris ce qui est arrivé à Nicole, putain. Et franchement, tu commences à me casser les couilles. Je vais appeler la mère de Nicole, elle pourra sûrement m'en dire plus.

– Non, non, où tu vas ? T'es con ou quoi ? J'ai presque fini. Reste ici. Écoute-moi. Alors, Danilo emmène la police dans cette maison parce que, selon Danilo, Nicole était là. Et bon, la chose incroyable, c'est que Danilo a dit que quand ils sont arrivés c'était un carnage. Un vrai carnage. Enfin, qu'un carnage pareil, c'était même difficile à imaginer. Danilo a dit que quand ils sont arrivés devant cette maison ils ont vu une voiture garée, et sous une roue de la voiture y avait une espèce de chose sanglante.

– Une chose sanglante ?

– Une chose, oui, une personne en fait, toute déchiquetée, toute en sang. Enfin, une personne broyée, là, sous une roue de la voiture.

– Mon Dieu…

– Danilo a dit qu'ils étaient quatre, les policiers : l'un d'eux s'est mis à regarder de plus près cette chose déchiquetée sous la voiture, deux autres sont allés frapper à la porte de la maison en criant des trucs du genre sortez d'ici, et pendant ce temps le dernier policier est allé derrière la maison. Et il est revenu tout de suite devant la maison, en criant aux autres policiers de venir, là, derrière la maison, que c'était un carnage. Et les policiers y sont tous allés. Et Danilo aussi, il a dit que lui aussi était allé derrière. Et il dit qu'il a vu une chose, enfin, une scène qu'on voit même pas dans les pires films d'horreur. Enfin, Danilo dit qu'y avait son oncle Mimì, étendu par terre avec la gorge ouverte. La gorge, genre tranchée si profondément que la tête tenait presque plus. Bref, une chose vraiment horrible. Il était là, par terre, Mimì, au milieu des oliviers, et on sait pas encore s'il s'est tué tout seul ou si quelqu'un l'a tué, on sait pas.

– O.K, O.K., mais Nicole ? Elle était là ?

– Voilà, exactement : là, dans ce carnage, au milieu des oliviers, attachée à un arbre, y avait Nicole. Elle était nue, avec tout le corps genre brûlé, consumé. Une chose que Danilo a pas bien expliquée. Il a juste dit qu'une chose aussi horrible, il l'aurait jamais imaginée, une chose aussi horrible.

– Mon Dieu…

– Nicole était là, comme morte, nue, le corps à moitié brûlé, une chose que vraiment, enfin, c'est normal, qu'on arrive pas à croire tout de suite. Mais il rigole pas Danilo, il raconte pas de conneries.

– C'est dingue… mon Dieu, dingue.

– Ouais, t'as raison. Bon, allez, calme-toi. Pleure pas. T'as raison. Parce que forcément, on y pense : c'est pas normal, toutes ces choses, dans une si petite ville. On dirait une malédiction, vraiment. Et là, en plus, il paraît qu'ils ont trouvé d'autres morts, c'est pas très clair. Enfin, c'est pas encore sûr, mais peut-être que la femme de Mimì aussi est morte. La pauvre, cette pauvre femme, que tout le monde aimait, vraiment. On comprend pas, on sait pas, on comprend rien. Ces jours-ci on dirait qu'y a une malédiction sur cette ville. Vraiment. Des trucs de bêtes. »

Voilà, dans mon corps quelque chose revient.

Je sens mes yeux, même si je n'arrive pas à les ouvrir.

Mais surtout je sens la douleur.

Une douleur qui, je le sais, dès qu'elle se fraiera un passage, sera insupportable.

Et je ne comprends pas si cette douleur est une douleur du corps ou une autre douleur, plus intérieure.

Je ne sais pas.

Je sais juste que là, je voudrais être à nouveau engourdie, comme avant.

Pour toujours, cependant.

Être à nouveau comme avant : un vide, un écran noir dans la tête.

Je voudrais ça.

Ça me fait mal. Tout.

Ma vie dans mon corps me fait mal.

Je n'ai jamais été aussi engourdie. Et en même temps il me semble que je n'ai jamais été plus lucide.

Et lucidement je comprends : je suis seule, maintenant.

Seule dans cette douleur que je ne comprends pas et que personne ne peut comprendre.

Ici, immobilisée et engourdie.

Peut-être que c'est ainsi quand on va mourir.

Peut-être que je vais mourir.

Si seulement.

Dans ma tête défilent, telles les scènes d'une vidéo démagnétisée, le corps mort de mon père, le bras cassé de ma mère, le visage résigné de Veli.

Et défile également dans ma tête l'image des yeux de Mimì.

Deux yeux de bête féroce à l'agonie.

Et Veli qui lui tranche la gorge.

Défile dans ma tête ce geste, précis, de Veli qui égorge Mimì.

Et Mimì qui tel un animal sacrifié s'écroule par terre à mes pieds – alors que dans la douleur effroyable d'un corps en flammes je défaille, disparais.

Et je reviens ici.

Seule.

Dans une douleur que je ne comprends pas.

Seul Veli la comprendrait peut-être, cette douleur.

Et il me l'expliquerait. Peut-être.

Où est Veli ?

Où suis-je ?

Je m'abandonne – à cette douleur que je ne comprends pas.

« Oh, mais c'est quoi ce bruit ?

– Merde. Merde ! C'est l'électrocardiographe.

– Quoi ? De quoi tu parles ?

– Merde, appelle les médecins, vite !

– Mais calme-toi, calme-toi…

– Samantha, bon Dieu, cours chercher quelqu'un. Cours ! »

SIX MOIS PLUS TARD

C'est ainsi qu'encore j'avance : je réussis –
à enjamber l'après-midi : allant
(la petite rue de la maison de ta maman,
la lumière encore par intermittence,
l'arrière du lycée, les marches,
l'arrière de ce pub : qui est un cimetière,
les lumières, les angles, qui forment un théâtre
de scènes muettes, de choses perdues).
Rien de ces lieux ne semble être ici :
pas de territoire, pas même un climat :
c'est un plafond décrépi et sans envie,
c'est une géographie de quelque vie
abandonnée sur un seuil infinie,
atroce et égale tandis que tout passe –
et jamais le courage d'un coup de grâce,
et jamais le courage d'un coup de grâce.

Michele Trevi, *Carnet d'adieu : 20 poèmes à la Belle N.*
(poème n° 20)

Retourner.

Tous à lui dire de retourner dans cet appartement. Pour récupérer ses affaires, et peut-être aussi pour prendre une décision : le vendre ou y vivre seule. Elle est désormais l'unique propriétaire, dit-on. Et elle peut décider maintenant, c'est une fille mûre, elle saura sûrement faire le bon choix. Dit-on. Une fille mûre qui peut prendre des décisions, qui peut comprendre.

Elle ne l'a dit à personne, mais elle se sent tout sauf mûre. Elle ne se sent pas capable de décider, de comprendre.

Comprendre. Comment pourrait-elle ?

Pourtant, la voilà, la main sur la poignée de la porte de l'immeuble. Un regard au coin de la rue. Il n'y a plus de trace.

Les sept étages qu'elle monte avec l'ascenseur lui semblent interminables. Sa tête va, toute seule, vers Michele, qui a parcouru ces sept étages en sens inverse.

Sa tête va, désormais, toujours toute seule. Et elle ne parvient pas à se protéger de ces pensées.

Il lui arrive de plus en plus souvent de se couper la tête, de prendre un couteau, d'entamer son cou, puis sa tête se détache, et elle se sent bien, elle est heureuse. Quand elle se réveille elle est toujours triste, elle a de nouveau sa tête, encore sa tête. Et dans sa tête c'est un carnage.

Il doit y avoir une autre solution que celle de se couper la tête, pense-t-elle, tandis que les sept étages n'en finissent pas. Elle se regarde dans le miroir de l'ascenseur. Elle ne voit rien, en réalité. Comme une tache blanche devant elle, une petite lumière blanche. Elle ne sait pas l'expliquer. Elle ne sait même pas se regarder, désormais. Elle se *déregarde*.

« Ça existe le contraire du mot "Regarder" ?

– Je ne sais pas, Miché. Je pense que oui.

– Moi, je pense que non. On a qu'à l'inventer.

– Mais pourquoi tu veux inventer ce mot, là ?

– *Déregarder* serait pas mal, non ?

– *Déregarder* ?

– Ça te plaît ?

– Je ne saurais pas quand l'utiliser, ce mot.

– Par exemple quand t'es devant un miroir et que tu peux pas te regarder. Ça t'arrive jamais ?

– Je ne sais pas…

– Ben maintenant, si ça t'arrive, tu sais quel mot utiliser pour l'expliquer.

– Par exemple : *je me suis* déregardée *dans le miroir* ?

– Exactement. Ça te plaît ?

– Oui.

– Par contre, j'espère que ça t'arrivera jamais.

– Pourquoi ?

– C'est pas une bonne chose. »

L’ascenseur arrive enfin.

Qu’y a-t-il à comprendre ? C’est un carnage qui n’a pas de sens. Ils ont sans doute compris quelque chose. Eux. Les avocats, les inspecteurs. Ils disent qu’ils ont tout nettoyé, qu’il ne reste aucune trace, qu’elle peut y retourner sans crainte. Essayer de prendre une décision, ou juste récupérer quelques affaires. Recommencer. Essayer de comprendre.

Mais la vérité est qu’ils l’ont obligée.

Oui, même si les policiers et les avocats font tous les gentils, elle sait qu’ils s’en foutent.

Les policiers, les avocats.

Elle ne voulait pas y retourner. Elle ne veut pas comprendre, ou décider.

Ils l’ont obligée, parce que l’enquête est close. Et ils ne veulent pas continuer à l’héberger dans une chambre d’hôtel – ils se gardent de le dire, mais elle le devine, elle voit leur embarras quand ils essaient de l’inciter à retourner, retourner, retourner, et donc, la voilà, la voilà ici, maintenant.

Un carnage, dans sa tête, alors qu’elle est immobile à l’entrée de la cuisine.

Elle fixe le carrelage propre, le carrelage qui, la dernière fois qu’elle était dans cet appartement, était occupé par le corps de sa mère, et il y avait la tête explosée de sa mère, et le sang de sa mère qui se répandait, qui arrivait jusque sous l’évier, le sang de la tête de sa mère, elle fait un pas vers la cuisinière et s’attend à sentir quelque chose de poisseux sous ses pieds, mais non, ils ont nettoyé, ils lui ont dit, et c'est vrai, rien de poisseux, alors elle s'approche de l'évier, elle regarde dedans, il y a des traces de calcaire, elle ne l'avait jamais vu aussi négligé, cet évier, sa mère nettoyait du matin au soir, elle nettoyait à fond chaque chose dans cette cuisine, rangeait tout comme il faut, elle regarde autour d'elle et voit que oui, ils ont nettoyé, mais pas comme il faut, pas comme sa mère nettoyait, et les choses ne sont pas rangées comme elle le voulait elle.

« Papa, la maîtresse veut qu'on invente une histoire.

– Ah, et tu as déjà une idée ?

– Je veux raconter que toi et maman vous êtes un roi et une reine.

– C'est bien ! Papa est le roi de sa petite fille chérie.

– Et maman ?

– Maman est la reine de la cuisine.

– De la cuisine ?

– Le royaume de maman c'est la cuisine. Là, c'est elle qui commande. »

La cafetière est sur le four électrique, ça ne va pas, il faut la mettre sur le plus petit foyer de la cuisinière, alors elle la prend, la cafetière, et la met là où elle doit être, ils disent qu'ils ont nettoyé, qu'ils ont rangé, mais ce n'est pas vrai, pas comme il faut, et elle éprouve une amertume, non, ce n'est pas une amertume, c'est une colère, elle aurait voulu que quelqu'un lui demande quelque chose, parce qu'elle aurait pu dire comment il fallait nettoyer et ranger, elle aurait su comment se comporter dans cette cuisine, cette cuisine qui était la seule vraie satisfaction de sa mère, les flics, les avocats, ils ne lui ont rien demandé, elle était juste une espèce de vache à lait à laquelle soutirer des informations, oui, c'est ce qu'elle a ressenti durant ces derniers mois, avec tous ces gens sur son dos, les consultations psychiatriques d'abord, puis les rencontres avec les prêtres, les procès-verbaux à signer, même les questions des journalistes, et personne pendant ce temps n'a pensé qu'il fallait l'honorer, sa mère, lui rendre sa dignité, et qu'il fallait l'honorer et lui rendre sa dignité certainement pas avec cette fanfare de la paroisse venue jouer à son enterrement : en nettoyant bien la cuisine, en nettoyant comme il faut, comme elle voulait, voilà ce qu'il fallait faire, pas en jouant les marches funèbres de la procession du vendredi saint, « C'est ma mère qui est morte, pas Jésus-Christ », avait-elle dit au prêtre, et le prêtre lui avait souri, il l'avait prise dans ses bras, il puait le vin et l'encens, elle en a eu la nausée, c'est tout ce qu'elle se rappelle, de cet enterrement.

Elle prend une respiration.

Elle ne la hait pas, sa mère. Elle a essayé de la haïr à la fin. Mais maintenant elle ne peut plus. Elle s'est rendu compte qu'on ne peut pas haïr les morts. Non, des morts on ne peut que ressentir le manque. Ou quelque chose de ce genre.

Si seulement sa mère avait eu raison : si elle avait vraiment été capable de jeter une malédiction sur quelqu'un elle l'aurait fait, ces six derniers mois.

Mais non, elle ne sait pas maudire, et elle ne sait pas décider, comprendre.

Elle se sent juste comme une malheureuse, qui avant pensait avoir tout, et qui là n'a plus rien, rien. Même pas les yeux pour pleurer.

Elle est amère. Non, elle est en colère.

Elle fait un pas dans le couloir long et sombre, mais elle s'arrête tout de suite. L'air qu'elle respire à cet instant semble différent, étrange, lourd. Sûrement les fenêtres restées fermées, l'humidité qui ronge depuis toujours les angles de l'appartement. Elle ne sait pas, elle sait seulement que l'air est différent, étrange, lourd, dans ce couloir long et sombre. Comme s'il y avait quelque chose d'*autre*.

Peut-être qu'elle l'aime, cet air.

C'est l'air de chez elle, celui-là, peut-être. Peut-être qu'elle voudrait rester ici pour toujours, dans cet air lourd, étrange, différent. Un air plein d'*autre*.

À la moitié du couloir arrive un courant froid, une espèce de vent, ça vient de la chambre du fond, la chambre de Michele, et là-bas elle ne veut pas y aller, elle n'est pas effrayée ou quelque chose du genre, elle sait juste que si elle entrait dans la chambre de Michele elle y resterait des heures, s'abandonnant à ce désespoir qu'elle contient difficilement depuis des mois, et elle sait que c'est mieux, beaucoup mieux, de ne pas céder à ce désespoir, mais elle pense qu'ils ont peut-être laissé la fenêtre ouverte, les imbéciles qui ont nettoyé, et dans ce cas il faudrait la fermer, cette fenêtre dans la chambre de Michele, la fermer une fois pour toutes, cette putain de fenêtre dans la chambre de Michele, et alors elle y va, en respirant à pleins poumons l'air du couloir sombre et long, mais en arrivant elle découvre une chose à laquelle elle ne s'attendait pas, la fenêtre est bien ouverte comme elle le pensait, et sur le seuil il y a une chaise qui bloque l'accès.

« Quand tu me vois assis là tu dois jamais venir.
– Pourquoi, papa ?
– Ici, papa travaille. Ou il se repose.
– D'accord, pardon.
– C'est bien, ma chérie. »

Elle se demande comment cet imbécile qui a nettoyé la maison a pu avoir l'idée de mettre une chaise à l'entrée d'une chambre, et elle sent à nouveau une amertume, ou non, une colère, parce qu'ils ont tout fait, dans cette maison, avec une hâte et une approximation injustes, brutales, elle méritait, au moins, de trouver les choses à leur place, les chaises où elles devaient être, les fenêtres fermées, les lavabos sans calcaire, et pourtant non, dans cette maison, où déjà rien ne sera jamais plus comme avant, ils n'ont même pas respecté l'ordre naturel des objets, parce que, pour eux, son père ne méritait pas le respect, même mort, voilà la vérité, voilà le message derrière le désordre qu'ils ont laissé, et elle est amère, en colère, ou peut-être plus, plus, peut-être, elle les hait, tous, désormais, peut-être, tous ceux qui, s'ils avaient fait correctement leur travail, auraient arrêté son père il y a des années, voilà ce qu'elle pense, et ces pensées elles les a eues maintes fois ces derniers mois, tandis qu'elle les voyait tous annoncer triomphants « Nous arrivons brillamment au terme de nos investigations », et elle pensait que, ouais, merci les gars, bravo, pendant ce temps son père était resté libre de devenir fou, elle l'a pensé, ces derniers mois, mais elle ne l'a dit à personne : il n'y a pas que son père qui est coupable, ils sont tous coupables, eux, tous.

Elle les hait peut-être, tous, désormais. Sa tête explose. Un carnage.

Elle la remet à sa place, la chaise de son père, le coin de son père, dans le couloir long et sombre, cette vieille chaise, en bois, avec sa peinture noire écaillée, la chaise où il se reposait, où il réfléchissait, où il téléphonait, dans le couloir long et sombre, le couloir où elle a vu son père pour la dernière fois, avant de s'évanouir et de ne se rappeler ensuite rien d'autre, que ses yeux, et sa main, tandis qu'il lui pointait un revolver sur le visage, la main de son père qui va appuyer sur la détente, et qui finalement n'appuie pas, on ne sait pas pourquoi, on ne comprend pas, mais il n'appuie pas, sur la détente, son père n'appuie pas.

Elle s'assied, sur la chaise de son père, passe ses mains dans ses cheveux, tandis qu'elle regarde ce couloir d'où elle le regardait chaque jour, et elle se rend compte que maintenant, plus que toute autre chose, elle voudrait comprendre, donner un sens à son père qui a tué tout le monde sauf elle, donner une raison à cette présence vide, privée de tous, survivante, essayer d'arrêter de se dire qu'elle, pour son père, elle n'était que dalle, elle n'était pas une fille, elle comptait si peu, pour lui, qu'elle n'a même pas mérité d'être tuée, mais elle ne peut pas, elle ne peut pas se taire, dans sa tête.

Elle soupire, ferme les yeux.

Elle se recroqueville, sent un poids sur son dos.

Entre ses dents glisse, presque imperceptible, un son.

Un son qui lentement se fait mot, un mot de plus en plus précis.

Et encore, après, de plus en plus net et fort, il sort, glissant froid entre ses canines et ses incisives : tandis que le poids l'écrase, l'écrase, et son front touche ses genoux, elle regarde ses mains qui semblent maigres et vieilles, elle reste comme ça, elle ne sait pas combien de temps – dans sa tête un vide, un écran noir, et un son froid qui glisse entre ses dents, et un poids sur son épine dorsale, comme ça, elle ne sait pas combien de temps, dans l'air étrange, lourd, différent, de ce couloir, long, sombre, cet air, l'air de chez elle.

Basta.

Puis elle entend un bruit de clés, quelqu'un entre dans l'appartement, des voix d'hommes qui parlent entre eux, elle les entend aller vers le salon, il y en a un qui dit : « Je ne sais pas comment elle va le prendre », un autre répond : « Au moins il est vivant, ça lui fera plaisir », ce sont les flics et les avocats qui l'ont accompagnée, ils avaient dit qu'ils l'attendraient en bas, qu'elle pouvait prendre tout le temps qu'elle voulait, mais non, comme d'habitude ils disent une chose et font autre chose, les flics, les avocats, comme d'habitude, depuis six mois, elle les méprise, elle les déteste, elle les hait, et elle n'arrive plus à supporter le fait d'être devenue, désormais, le travail de quelqu'un, les flics, les avocats, depuis six mois, leur travail c'est elle, s'occuper d'elle, être sur son dos à elle, elle qui voudrait seulement rester là pour toujours, assise dans ce couloir, dans cet air, sur cette chaise, recroquevillée et vide, comme ça.

Ils l'ont retrouvé. Vivant.

Mais peu importe. Peu importe, vraiment.

Ça devrait lui faire plaisir, disent-ils.

Et pourtant. Basta. Peu importe.

Elle ne sent rien. Voilà, elle se le dit enfin : elle ne sent plus rien.

« Ma chérie, pourquoi tu pleures ?

– Je ne peux vraiment pas l'accepter.

– Quoi ?

– À l'enterrement de tante Adele il n'y avait personne.

– Il y avait nous.

– Oui, mais seulement nous. Comme si personne ne tenait à elle.

– Les gens sont des merdes.

– Oui.

– Mais toi et moi on la respectera toujours, tante Adele.

– Tu me le jures ?

– Je te le jure. Les morts méritent toujours le respect. Toujours.

– Plus que les vivants ?

– Bien plus que les vivants. N'importe quel mort mérite le respect.

– Même si vivant il était méchant ?

– Les morts méritent le respect, toujours. »

Elle le respecte, son père. Même si c'était un fou qui a dévasté sa vie, même si dans tous les journaux et sur toutes les télévisions, là, on l'appelle « Le monstre de Gallipoli ». Elle le respecte, elle.

Veli, par contre, est vivant.

Et peu importe. Peu importe, vraiment.

Elle ne sent rien.

Les morts méritent le respect. Toujours.

Il n'y a pas de raison de respecter un meurtrier vivant.

« Et si tu es le roi, moi je suis quoi ?

– Tu es la princesse.

– La princesse de quoi ?

– La princesse de ton papa.

– Et elle fait quoi la princesse ?

– Quand le roi meurt, la princesse devient reine.

– Et elle fait quoi la reine ?

– Elle commande à la place du roi.
– Et il meurt quand le roi ?
– Tu veux que ton papa meure ?
– Non. Je veux que le roi meure. Comme ça je deviens reine. »

« Arianna, où es-tu ? Tu as fini ? »
« Tu as besoin de quelque chose ? »

Elle ne sait pas où elle est, elle ne sait pas si elle a fini, elle ne sait pas si elle a besoin de quelque chose, elle sait qu'elle n'en peut plus d'eux, les flics, les avocats, elle sait qu'elle ne sent plus rien, elle sent juste un poids sur son dos, elle regarde ses mains qui ressemblent à celles d'un vieillard, basta, elle se lève et va vers le salon, elle ne sent plus rien, quand elle entre ils la regardent tous, les visages bienveillants, les sourires paisibles, comme toujours, toujours pareils, « Te voilà », « Tout va bien ? », « On a une chose importante à te dire ».

Et Arianna pense qu'elle va les tuer tous. Tous, s'ils ne partent pas, s'ils ne partent pas d'ici, s'ils ne la laissent pas seule, dans ce salon, s'ils ne la laissent pas seule Arianna va faire un carnage, elle va les tuer tous.

REMERCIEMENTS

Merci (*euphémisme*) aux dompteuses de la Bête : Eugenia Dubini, Serena Daniele, Serena Cabibbo et Marianna Gennari. Merci à Alberto Ibba, Francesca Rodella, Edoardo Caizzi, Luca Pantarotto, Alessandro Mazzina et à toute la splendide famille NNE.

Merci à Caterina Serra, auteure incontournable et personne rare : son implication dans (et pour) le manuscrit de *Je suis la bête* a été fondamentale. Je lui serai à jamais reconnaissant.

Un grand remerciement aux personnes qui me sont chères et qui, par leurs conseils, leurs encouragements ou leurs lectures *in itinere* m'ont donné confiance et aidé à améliorer cette histoire dès le départ : ma sœur Margherita, ma mère Piera, Simone Andrea Camilli, Guido De Simone, Omar Di Monopoli, Fausto Paolo Filograna, Graziano Gala, Alessandro Gazoia, Paolo Manieri, Andrea Martina, Giulio Mozzi, Michele Vaccari. Merci, également, à la revue *inutile* d'avoir accueilli, en janvier 2018, une toute première version (sous forme de nouvelle) de ceux qui sont ensuite devenus les chapitres 1 et 7. Et merci à mon groupe, les Serial Vice (Alessandro, Giacomo, Matteo et Stefano) : inépuisable source d'énergie et d'amitié.

Avant d'être un roman, *Je suis la bête* a été (sous une tout autre forme) un texte théâtral que j'ai écrit en 2014, joué par la compagnie Gruppo Teatro 4e48 entre 2015 et 2016. Je remercie donc les personnes qui l'ont remarquablement porté sur scène : le scénographe Antonio Duma, les interprètes Domenico Carusi, Giulia Pede, Alessandro Zezza, et en particulier le metteur en scène, musicien et ami fraternel Alessandro Solidoro – le premier dans l'absolu à avoir cru en Veli, Nicole et Mimì.

Sans Gaia Giovagnoli ce roman n'aurait jamais existé. J'insère son nom dans une section dédiée aux remerciements, conscient toutefois que ce geste est sans commune mesure avec la valeur de ses intuitions, de sa patience, de sa sincérité et de sa force déployées pour me traîner vers la juste conclusion de ce travail. Si, comme le disait Kurt Vonnegut, il faut écrire pour impressionner quelqu'un, eh bien, mon *Quelqu'un* est Gaia.

TABLE

JE SUIS LA BÊTE
d'Andrea Donaera
a été achevé d'imprimer en avril 2021
sur les presses de l'imprimerie Jelgavas Tipogrāfija.

Éditions Cambourakis
62, rue du Faubourg-Saint-Antoine
75012 Paris
www.cambourakis.com

Dépôt légal : mai 2021.
ISBN : 978-2-36624-578-3
Imprimé en Lettonie.